HAPPY HOUR

Die Originalausgabe erschien 1992 bei Farrar, Straus and Giroux
unter dem Titel "Marine Life"

Satz: Lasersatz Maringer, Maishofen
Printed in Austria by Wiener Verlag, Himberg
ISBN 3-7017-0818-5

LINDA SVENDSEN

Happy Hour

Roman in acht Geschichten

Aus dem Amerikanischen
von Ulrich Walberer

Residenz Verlag

»Gott gibt dem Einsamen ein Heim.«
Psalm 68

Bei wem aller er geschlafen hat

Da wäre erst einmal unsere Mutter June. Natürlich kann ich nicht beschwören, daß sich alles genau so abgespielt hat. Vielleicht legte sie sich an einem Sommernachmittag, heiß wie immer in Montreal, neben ihn auf die Decke im Schatten, im dunkelsten Zimmer des Hauses, die Fensterläden waren geschlossen. Zuvor hatte sie ihn mit einem kühlen Tuch abgerieben und frisch eingepudert. All das würde es ihm etwas leichter machen, daß er ein bißchen wundgescheuert war. Ray würde dann seine Augen schließen, und sie würde zu ihrem Baby sprechen. *Na, mein kleiner Backofen. Heute kleben wir aber wieder. Bist meine kleine Hitzewelle.* Sie würde nicht einnicken; sie würde einen Eiswürfel so lange mit der Zunge bearbeiten, bis er die Vorstellung von Schnee in ihr geweckt hätte, sie würde Ray genau betrachten und herauszufinden suchen, ob er nicht verborgene Anzeichen trüge, die auf einen Ausschlag hindeuteten, von dem sie bisher weder etwas gehört oder gesehen hätte. Sie war immer auf der Hut vor Infektionen, Würmern oder was es sonst noch geben mochte.

Der kühlste Platz wäre gewiß unter dem Flügel. Sie würde Ray dorthin legen und dann für ihr Winterprogramm üben. Sanft. *Jingle Bells* oder *Frosty.* (Als ich klein war, machte sie es genauso; sie übte gewissermaßen eine mütterliche Macht über das Wetter aus. *Paß auf, ich mache die Luft eiskalt!* Nach dem Konzert hatte man tatsächlich das Gefühl, im Raum sei es heller und kühler.) Vermutlich hat Ray ihren

Fuß beobachtet, wie er das Pedal drückte. Mag sein, daß er damals eine gewisse Vorliebe für Frauenfüße und -fesseln entwickelt hat; später dann, als er die Tastatur beobachten konnte, seinen Tick für tanzende Finger und Handgelenke. »Sieh mal, wie sie die Tasten streichelt«, sagte er, als er älter war.

Rays Vater suchte nach Asbestvorkommen. Wenn er von zu Hause fort war, um Asbestfelder abzustecken, nahm Mum Ray vermutlich zu sich ins große Doppelbett. Sie sah zu, wie er atmete. Sie sagte, sie habe jedem von uns — Ray, Irene, Joyce und mir — stundenlang beim Atmen zuschauen können. Als wollte sie denkbarem Ungemach vorbeugen, fuhr sie seine Augenbrauen mit ihrem Finger nach, den sie zuvor mit Spucke befeuchtet hatte. *Selbst wenn ich blind wäre,* sagte sie einmal, *würde ich mein Kind in einem Waisenhaus herausfinden.* Das konnte sie in vollem Ernst behaupten, denn sie kannte nicht nur Rays Gewicht und Gestalt ganz genau, sondern an ihm klebte auch der Geruch ihres Mundes, buchstäblich.

Sie schliefen einander zugewandt, eine Handbreit voneinander entfernt. Sie spürte sofort, wenn Träume seinen Körper mit einem Hauch verließen, ebenso wenn böse Geister beim Niesen in ihn eindrangen, wer weiß, was sich sein zarter Atem da alles holte.

Ich weiß es nicht. 1940 war ich noch nicht auf der Welt. Sofern es keine frühen Erinnerungen gibt, erfinde ich welche oder lasse sie im dunkeln. Im Fall von meinem Bruder Ray tu ich beides ein bißchen. Als ich sechs Jahre alt war, war er zwanzig. Als ich zwanzig wurde, war er bereits vierunddreißig Jahre alt. Er war immer so alt, daß er mich erfinden konnte.

Das wenige, was unsere Mutter las, glaubte sie auch. Als sie seinerzeit, vor Rays Geburt, nach Quebec umzog, stellte sie fest, daß alle Brücken ›Pont‹ genannt wurden. An der Westküste hatte jede einen anderen Namen — Lion's Gate, Capilano, Patullo. Sie vermutete, das müßte für die Französischsprachigen ziemlich verwirrend sein mit diesen Pont-Brükken überall.

Eines Tages, es war ein besonders düsteres Geburtstagsessen Ray zu Ehren vor ein paar Jahren, kam unsere Mutter auf den Bericht eines amerikanischen Arztes zu sprechen. Sie verwies diesen Artikel, einen schlichten Seitenfüller, in den Bereich zwischen Vorahnung und später Einsicht, allein durch den Tonfall, in dem sie ihn nacherzählte. Durch ihren Tonfall konnte sie schließlich die Jahreszeiten beeinflussen oder die Temperaturen steigen oder fallen lassen, als wir Kinder waren.

»Der Doktor sagt, daß derjenige, bei dem du schläfst, auch deine Träume bestimmt. Das muß man bedenken.« Dann brachte unser Stiefvater Robert den Geburtstagskuchen mit den brennenden Kerzen herein, und Mum bat Ray, sie auszublasen und sich dabei etwas zu wünschen.

Ray war 1959 neunzehn Jahre alt, um zwei Väter klüger und jobbte auf der Vancouver-Werft. Seine erste Freundin Velma arbeitete in einem Kosmetiksalon, wo sie hauptsächlich zur Maniküre und Haarwäsche eingeteilt war. Eines Sonntags fuhren sie zu den Spanish Banks, und Mum schickte mich mit. Sie dürfte irgendwo gelesen haben, daß die Verantwortung für Kleinkinder die Leidenschaft dämpft.

Kaum hatten ihre Badetücher den Sand berührt, schickten mich die beiden zu allen möglichen Besorgungen los. Nachdem ich ihnen Fish and Chips gebracht hatte, mußte ich ihnen jede Zutat extra holen. Salz, Ketchup, Essig. Dann mußte ich 7-Up besorgen, Eis, Servietten. Dann wollten sie noch das Kofferradio, das auf der Ablage hinten im Auto schmorte.

»Geh Muscheln suchen«, sagte Ray, als ich vom Parkplatz zurückkam. »Oder buddle ein Loch bis nach China!«

Ansonsten war Velma ganz in Ordnung. Sie war dünn und ruhig. Aus ihrem Salon brachte sie allerlei Zeugs mit: Accessoires, Nagelfestiger, Haarnetze, in denen Goldfische sich stranguliert hätten. Ich durfte das heiße Handtuch halten, wenn sie Ray das Haar wusch. Das dauerte üblicherweise eine halbe Stunde. Sie bewegte ihre Hände auf jede nur vorstellbare Weise. Sie massierte mit ihren Fingerspitzen, mit ihren Knöcheln. Sie klopfte und dehnte und zog an seinem Kopf, als wollte sie in ihn eindringen. Und dann die Spülungen! Eigelb, abgestandenes Bier, Zitrone für den Glanz, Backpulver für den Halt, Essig gegen den Schmutz. Sie wickelte das Handtuch um seinen Kopf, dann schlurften sie zu seinem Zimmer und benutzten Mutters Haarfön zum Trocknen. Velma gab mir manchmal eine Nagellackprobe und belehrte mich, daß ich ihn immer »vom Körper weg« auftragen solle.

Damals am Strand rutschte ich ganz nah an ihren eingeölten Körper heran. Wenn ich groß sein würde, wollte ich mir meine Haare in derselben Farbe tönen wie sie.

»Geh Abfall sammeln!« forderte Ray mich auf. »Mach dich ein bißchen nützlich für die Allgemeinheit!«

»Raymond«, sagte Velma nur.

Er gab mir ein Geldstück. »Hau ab zum Trampolin!«

»Wo denn?«

»Auf der anderen Seite vom Gelände.«

»Ich will aber gar nicht springen.«

»Ich werde dir Beine machen.«

Ich hopste mit anderen Kindern herum. Fahnen in grellen Farben knatterten im Wind. Wenn ich ganz oben war, spähte ich den Strand entlang und versuchte, Ray und Velma unter all den anderen Sonnenanbetern auszumachen. Aber sie waren von all den anderen Körpern nicht zu unterscheiden. Ich legte mich flach auf das Trampolin. Durch die Gurte sah ich kleine Wasserpfützen, und ich bemerkte, wie sich das Meer gemächlich zurückzog. Dann rief mir der Kerl von der Aufsicht zu, daß meine Zeit um sei.

Als ich wieder bei ihnen ankam, schob Velma Rays Nagelhaut mit einem Kaffeelöffel zurück.

»Na, schon wieder da?«

Ich gab keine Antwort.

»Wie wär's, wenn wir dich im Sand einbuddeln würden, Adele?« Meinen vollen Namen benutzte er nur, wenn es ernst wurde.

Velma schlug vor, wir sollten gemeinsam ins Wasser gehen. Ray meinte indessen, ich solle am Ufer bleiben, um Diebe abzuschrecken, die sich immer am Strand herumtrieben. Ich fing an zu schreien. Einige halbwüchsige Mädchen, die in Badetücher gehüllt waren, erboten sich, unseren Platz zu bewachen, unter der Bedingung allerdings, daß sie auf unserem Radio ihren Lieblingssender einstellen dürften. Ray war einverstanden. »Aber Adele«, sagte er, »du bleibst ganz vorne, wo es noch flach ist.«

Ich stand bis zu den Knien im Wasser und fing lustlos Wellen in meinem knallgelben Eimer. Dann leerte ich das Wasser wieder aus. Sie gingen ins Tiefe. Velma kletterte auf Rays Schultern und schlang ihre Oberschenkel um seinen

Nacken. Und er brüllte so ein Seemannslied *Blow the Man Down.* Sie alberten herum und planschten. Mit der einen freien Hand versuchte Velma, ihr Haar zu schützen, das frisch gefärbt war. Ich beobachtete, wie Ray Velma ins Wasser stieß und sie an den Schultern unter die Oberfläche drückte, schließlich auch noch ihren Kopf. Plötzlich war alles still, still wie beim Trampolin, als ich durch die Gurte starrte. Velma gelang es, sich freizumachen, sie schnaufte und paddelte auf mich zu.

»Du Miststück«, rief sie Ray zu.

Ray ließ sich auf dem Rücken treiben.

Als er später zu uns stieß, blickte Velma ihn scharf an. »Was ist bloß in dich gefahren?«

Er sagte, er wollte sie nur ein bißchen necken, ob sie denn keinen Spaß verstehe. Er sei doch, wie sie wisse, der große Menschenfresser.

Keiner sagte etwas. Ray wandte sich um und starrte auf den Pazifik. Ich füllte feuchten Sand in meinen Eimer, drehte den Eimer um und versuchte, eine Burg zu bauen. Ich legte schmale Wassergräben an, bis ich keine Lust mehr hatte.

Ich hatte den Eindruck, Ray würde schlafen. Velmas Hände ruhten auf seinem Rückgrat, ihre Fingernägel leuchteten wie die Bojen, die in der Entfernung auf und nieder tanzten. Ich rutschte an ihn heran und bemühte mich, ihn nicht zu berühren. Dann schob ich vorsichtig ein Augenlid hoch. Ich wollte sein Auge sehen, abwesend und verletzlich. Aber es starrte mich regungslos an. Er schlief nicht wirklich. Er tat nur so.

Eine Nixe wölbt ihre Hand um ihren blauen Busen — Ray und unser Cousin Jackson trugen die gleiche Tätowierung auf dem Unterarm. Sie arbeiteten auch zusammen im Hafen.

Wenn sie sich die Rückstände von den Schwefelladungen weggeduscht hatten, ging's ans Vergnügen. Sie fuhren möglichst hoch hinauf in die Berge, um die Kurzwellensender ins Autoradio zu kriegen. Einmal schafften sie sogar Hongkong. Sie besuchten Crash-Car-Shows, und manchmal fuhren sie in den US-Bundesstaat Washington hinüber, wo die Bars bis zum Morgengrauen offen sind. Manchmal trafen sie sich mit den widerspenstigen Nootka-Schwestern in Hafenhotels, liebten sie heftig und umständlich und ließen sich von ihnen die Arme verdrehen, bis es kitzelte und brannte. Ray sammelte Büstenhalter, die er und Jackson später nach Parfüm und Schweißringen zuordneten — zum Beispiel: »Sue im Oktober. 38 Grad.« Er verstaute die Sammlung in seinem Handschuhfach.

Im Winter 1964 saßen Ray und Jackson zu Hause mit ihren Mädchen, mampften Käsecracker und sahen sich die Übertragung eines Eishockey-Turniers im Fernsehen an. Nach der Play-off-Runde verlobte sich Jackson mit Pat und beschloß, sich bei der Royal Canadian Mountain Police zu verpflichten. »Jetzt wird Jackson ein richtiger Spießer«, meinte Ray. »Ein Tugendbold.«

Bei der Hochzeitsfeier im Juni agierte Ray als Zeremonienmeister. Eigentlich sollte er Trauzeuge sein, aber da war ihm Jacksons Bruder zuvorgekommen.

Ray fing schon vor der Feier mit dem Trinken an. Den Fruchtsaft zum Frühstück mischte er mit weißem Rum. Unsere Mutter und Robert waren schon vorausgegangen. Da bot Ray mir einen Schluck an. »Du bist jetzt alt genug, um verdorben zu werden.«

»Mir schmeckt das.«

»Trink aus!«

Unterwegs holten wir Rays Freundin Nadine ab. Auf der Fahrt zu ihrem Haus drückte ich ein paar Mal auf die Hupe, einfach so aus Spaß, und Ray fuhr Schlangenlinien, ganz lange Schlangen. Den vorangegangenen Nachmittag hatten wir damit zugebracht, aus Kleenex zarte Blüten zu falten und sie am Wagen zu befestigen. Sie sahen wie echt aus. Ich kletterte auf den Rücksitz, als Ray die Vordertür für Nadine öffnete. Er meinte, ich sollte mir etwas wegen der herumtrudelnden Flaschen einfallen lassen. Ich setzte einfach meine weißen Lackschuhe drauf. Nadine verlor kein Wort über das geschmückte Auto. Sie sprach in ernstem Ton über die Fesseln ihres Araberpferdes.

Nadine wohnte in Shaughnessy, dem besseren Viertel von Vancouver. Sie arbeitete in einem Reisebüro, das hauptsächlich Vergnügungstouren anbot. Zweimal im Jahr verbrachte sie ihre Ferien in Waikiki. Zweimal pro Woche absolvierte sie ihr Reittraining. Ray ging zu den Turnieren, an denen sie teilnahm. Manchmal durfte ich ins Agrodome mitkommen. Für Kinder unter zwölf war der Eintritt frei.

Ich mochte es, wenn Ray ihr zusah und seine Beobachtungen kommentierte. Er konnte ihre Bewegungen vorhersagen, er wußte immer genau, wie sie sich verhalten würde. *Paß auf, wie sie die Sporen ansetzt. Jetzt zieht sie den Zügel an. Sie weiß immer, wie sie ihr Gewicht einsetzen muß.* Das Pferd reagierte auf den leichtesten Schenkeldruck von ihr. Ray hatte vollkommen recht. Selbst wenn sie ihre Lippen anfeuchtete, schien das etwas zu bedeuten. Ich spürte es. Sie trug immer Stiefel. Ihre Fingernägel waren so stumpf wie ihre Beiträge zur Unterhaltung. Sie trug sie absichtlich so. Wären sie länger gewesen, hätten sie beim Striegeln gestört. Sie machte den Eindruck, als hätte sie immer das nächste Hindernis im Auge — um es zu nehmen.

Wenn ein Wettbewerb vorüber war, ging Ray zu den Stallungen, um sie dort zu treffen. Einmal strich er mit seinem ausgestreckten Zeigefinger über ihren Mund. »Na, darf ich dich einspannen?« fragte er.

Sie schlug ihm auf die Finger. »Nimm dich zusammen!« Dann lächelte sie nachsichtig.

Sie lächelte sehr oft während des Hochzeitsempfangs. Sie beglückwünschte Jackson und Pat. Ray tat einfach so, als gehörte er zu den Gastgebern, spielte sich als Trauzeuge auf, stand bei der Gratulationscour gleich neben Jackson und umarmte alle Frauen. »Ich bin Ray, der Macher hier«, stellte er sich jedesmal vor. Nadine kümmerte sich höflich um meine Eltern und um mich. Ich fragte sie, was sie von der Fernsehserie mit dem sprechenden Pferd halte. Sie hatte nie davon gehört. Sie lächelte unbestimmt und starrte zu Ray hinüber.

Ray wartete gerade noch die zweite Strophe eines beliebten Liedes ab und drängte sich dann einfach in den ersten Tanz von Jackson und Pat, den Neuvermählten. Er wirbelte Jackson wie verrückt auf der Tanzfläche herum. Jackson lachte. Dann gingen sie bleich und kichernd zu Pat und legten ihre Arme um sie. Die drei klebten im Scheinwerferlicht aneinander.

Später beobachtete ich, wie Ray und Nadine versuchten, die Bierfaßpolka zu tanzen. Sie führte. Ich wollte mit meinem Bruder Twist tanzen. Er hatte mir das beigebracht. Er wies mich zurück. »Ich muß mich fürs Strumpfbandwerfen schonen«, sagte er. »Bitte einen von deinen Onkels!«

Als Jackson das Strumpfband warf und Pat ihren Brautstrauß, war von Ray und Nadine keine Spur. Ich hoffte, sie seien durchgebrannt. Ich malte mir Reitstunden unter Nadines fachmännischer Anleitung aus. Reitverletzungen würde ich natürlich nicht erwähnen. Vor dem Tisch, auf dem die Geschenke aufgebaut waren, schätzten Irene, Joyce und ich drei Toaster ab und bestimmten, welche wir eintauschen würden. Da stieß Mum zu uns.

»Wo ist dein Bruder?«

Wir suchten das ganze Lokal ab. Unseren Eltern war klar, daß er kaum noch in der Lage war zu fahren. Erschöpft, wie sie waren, gaukelten sie sich vor, Nadine hätte das Steuer übernommen, das Paar säße glücklich und zufrieden zu Hause und wäre damit beschäftigt, Kaffee zu trinken und Testbilder zu vergleichen.

Der Wagen von Ray war nicht in unserer Straße geparkt.

Ich konnte nicht schlafen. Ich wußte, wo sie waren. In den Ställen, sie würden einander mit den Händen vermessen, sich im Stroh aneinander schmiegen und gelegentlich von langnasigen Pferden beschnüffelt werden, von Pferden mit weißen Flecken oder Blessen. Abgesehen von seinen Socken, hätten sie wahrscheinlich alle Kleider ausgezogen und an Nägeln aufgehängt. Sie küßten einander andauernd. Ich stellte mir ein sanftes Fohlen vor, das sie beobachtete und wieherte. Dabei schlief ich ein und vergaß sogar, mein Stück vom Hochzeitskuchen unters Kissen zu legen.

Am nächsten Morgen kam Jackson bei uns vorbei. Er erzählte uns, daß Ray die Nacht mit ihm und Pat in ihrer Wohnung verbracht habe und daß er gerade aufgebrochen sei. Er sagte, sie hätten Spiegeleier gegessen, bis fünf Uhr hätten sie geschwatzt, über die Frauen, das Hafenviertel, über die

Gewerkschaften, dann hätten sie sich im Wohnzimmer auf dem Spannteppich ausgestreckt, Seite an Seite.

Vierzehn Jahre später fungierte Jackson als Taufpate für meinen Sohn. Er trug die rote Uniformjacke der Mountain Police. Wir sprachen von alten Zeiten, erinnerten uns an unsere Hochzeitsfeiern. Und er kam auf Rays unvorhergesehenen Besuch zu sprechen und auch darauf, wie verständnisvoll Pat damals reagiert habe. Jackson lachte. »Ray wollte ganz einfach nur reden. Er wollte darüber sprechen, wie schwierig es doch sei, ein Mann zu sein.« Dann sah er mich an, ganz nüchtern, wie zur Bestätigung.

Ende 1966 verbrachte Ray zwei Wochen in Kalifornien und im Grenzgebiet von Mexiko, in einer Stadt namens Dos Reales. Obwohl er gerade seine Prüfung bestanden hatte, die ihn berechtigte, Gabelstapler zu fahren, war er ruhelos und unzufrieden mit seiner Arbeit im Hafen. Seine Freunde rieten ihm zu reisen. Also arbeitete er auch an den Wochenenden, schob Doppelschichten, machte Überstunden. Er sparte.

Ich habe heute noch seine Postkarte von Alcatraz im Nebel, mit einer gekritzelten Botschaft über den berühmten Birdman. Ich erinnere mich noch deutlich an seine gebräunte Haut neben unserer Winterblässe. Er sah aus wie ein Gast, als er zurückkam.

Vor etlichen Jahren sahen wir uns meine Europa-Dias an, und Ray kam auf seine damalige Reise zu sprechen. Er war fünfunddreißig, und ich war einundzwanzig, wir waren alt und unbefangen genug, daß wir offen miteinander sprechen konnten. Ich hatte gerade durchblicken lassen, daß die Fotos natürlich nicht alles preisgaben. Und dann erzählte ich ihm, daß ich mit einem wildfremden Mann auf der Fähre zwischen England und Frankreich geschlafen hatte. Er hörte sich das an und fragte mich, ob ich wissen wolle, wie es südlich der Grenze zugehe.

Dos Reales: Er frühstückte am Rande eines Swimmingpools, einige Tequilas, schließlich beschloß er, zu Fuß in die Stadt zu gehen. Er staunte darüber, daß die Säcke mit Avocados immer noch von Eseln transportiert wurden, staunte darüber, daß es wildwachsende Weihnachtssterne gab.

Eine Prozession von etwa zwanzig schwarz verhüllten Frauen umzingelte ihn. Ihre Hände glitten über Rosenkränze. Ihre Knie mußten ganz zerschunden sein vom Rutschen auf den felsigen Wegen und Straßen. Jemand hatte ihm erklärt, es sei Fastenzeit, und diese Frauen seien viele Meilen auf einer Buß- und Pilgerreise unterwegs. Ray staunte, daß es immer noch Menschen gab, die zu solcher Hingabe fähig waren.

In der Innenstadt sah er sich nach Mitbringseln um — einen Poncho für Mum, einen Sombrero für unseren Stiefvater Robert. Da sprach ihn ein Junge an, nicht älter als vierzehn, er war im Stimmbruch. Er fragte Ray, ob er sich mit seiner Schwester unterhalten wolle. Zögernd fügte er hinzu: »Zehn amerikanische Dollar. Prima Titten.«

»Mañana«, antwortete Ray und wollte weitergehen. Aber der Junge ließ sich nicht abwimmeln. Schließlich dachte sich Ray, eine mexikanische Muschi wäre gar nicht so schlecht. Der Marktplatz war überfüllt, und es war heiß. Er hatte schon seit einiger Zeit mit keiner Frau mehr geschlafen.

Ray glaubte, sie würden zu einem Hotel oder in das Hinterzimmer einer Kneipe gehen. Statt dessen führte ihn der Junge zu einer nahe am Strand gelegenen Ziegelhütte und machte ihn mit Capulina bekannt.

»*Gracias,* Mr. Ray«, sagte sie.

Sie war erst zwölf, hatte hüftlanges Haar, das etliche kleine Leberflecken auf ihrem Rücken verbarg. Sie führte ihn in ihr Schlafzimmer. Ray fiel das durchgelegene Kinderbett auf, das Kruzifix über der Tür, ein Bild der Jungfrau auf Capulinas Kommode. Capulina kniete nieder.

Er erzählte mir, daß er den ganzen Nachmittag mit ihr zusammengeblieben war, daß er später mit ihrer Tante und ihrem Bruder zu Abend gegessen und den weiteren Abend mit dem Mädchen verbracht hatte. Sie wollte meine Sprache lernen, sagte er. An ihren schlanken Fingern buchstabierte sie die Zahlen herunter, und Ray brachte ihr Wörter bei — Ohrläppchen, Steifer, heiße Höschen, Knutschfleck.

Er war hingerissen von der Zartheit und Unermüdlichkeit ihrer Hände und ihres Mundes. Gerührt verfolgte er, wie sie seine Füße badete und mit ihrer Zunge seine Zehen und Fußsohlen behandelte. Die Nacht über schlief sie auf seinem Körper. Sie war leicht wie ein Schatten. Noch Monate später fürchtete er, er habe sich ein unheilbares Leiden zugezogen: eine unstillbare Sehnsucht nach tüchtigen kleinen Mädchen.

Ich schaltete den Projektor aus, und wir saßen im Dunkeln.

»Es war wundervoll«, sagte er. Dann erinnerte er mich daran: »Du warst damals auch zwölf Jahre alt, Adele.«

Ray heiratete Merry, die ihrem Namen allerdings wenig Ehre machte. Sie war alles andere als fröhlich. Sie toupierte ihr Haar, was sie fünfzehn Zentimeter größer erscheinen ließ, und trug so verrückte Schuhe, daß ihre Füße beleidigt sein mußten. Sie arbeitete in einem Schreibwarengeschäft.

Post von ihr fand sich ebenso oft im Briefkasten wie Werbesendungen. Während Ray sie zu verführen suchte, hofierte sie Mum, meine Schwestern und mich. *Die denkbar herzlichsten Grüße von Merry. Grüße von Haus zu Haus. Merry.* Sie schickte Karten mit kränklich aussehenden Elfen und mit Weizenfeldern, die im Wind wogten. Ihre guten Absichten überzeugten mich nicht.

Diese nachlesbare Allgegenwärtigkeit übertrug Merry auch ins Schlafzimmer. Mir war klar, daß Ray mit ihr schlief, denn er trug plötzlich ihren Namen an allen möglichen Stellen. Wo einmal das Uhrarmband war, *Merry,* oder gleich neben der Kehle, *Merry.* Und einmal entdeckte ich, als er seine Stiefel ausgezogen hatte, auf einem großen Zeh: *Merry.*

Keine Frage, er liebte sie. Er brachte Abende mit ihr im Waschsalon zu und legte mit ihr die Wäsche, Ecke auf Ecke, zusammen. Er begleitete sie zum Metzger und feilschte über Sonderangebote für die Tiefkühltruhe. Wenn sie Bodengymnastik machte, hielt er sie an den Füßen fest und sah zu, wie sie ihm ihr energisches Kinn entgegenreckte. Er bezahlte ihre Zahnarztrechnungen und traf sich auch nicht mehr mit anderen Frauen. Er arbeitete regelmäßig und rührte drei Monate lang keinen Tropfen mehr an. Der Küchentisch in seiner Wohnung war übersät mit Fotos von Merry. Selbst neben seinem Bett lag noch eine kleine Auswahl von Aufnahmen, einige trugen Widmungen.

Ray schlief mit Merry drei Jahre lang, von 1968 bis 1971, eher zwanghaft als aus Erfüllung. Zu Beginn ihrer Ehe muß er den Fehler begangen haben, daß er ihr taktlose Beichten ablegte, die er obendrein noch ausschmückte. Mag sein, daß sie zusammen geduscht und einander danach abfrottiert hatten. Dabei wird man leicht gesprächig. Sie fragte ihn nach dem Wasserwesen aus, das auf dem einen seiner Arme, hingeschmiegt, zu sehen war. Vergangenheit. Ray, der sich ihrer Liebe sicher war, hatte ihr arglos von Velma, von der kleinen Capulina, von der neckischen Reiterin erzählt. Er hatte die Affäre mit Joanne in Hertz gebeichtet. Und Dallyce, die Merry auf einem Film erspähte, den unsere Eltern während einer Silvesterparty gedreht hatten.

Merry war logischerweise von seiner notorischen Untreue überzeugt. Wollte er Zigaretten kaufen gehen, hielt sie das für einen billigen Trick. Brachte er Flieder mit, war für sie klar, daß er das Blumenmädchen umgarnte. Der Hafen bot Gelegenheiten noch und noch: weibliche blinde Passagiere, Überstunden, leere Lagerhallen. Mittags brachte sie ihm das Essen zum Hafen, Sandwiches und kaltes Bier. Sie schnüffelte an seiner Kleidung herum, küßte ihn.

Um sie zu beruhigen, blieb Ray abends zu Hause und sah fern. Sie verdächtigte ihn, für eine Serienheldin zu schwärmen; einmal warf sie ihm vor, er habe bei einem schlüpfrigen Werbespot so seltsam gezuckt.

Ray legte eine Nachtschicht ein. Er hoffte, ihr Schlaf würde beiden guttun. Als er am nächsten Morgen heimkam, fand er sie hilflos kauernd auf der Couch vor. Sie hatte noch die Kleider vom Vortag an und sich mit einer alten Decke aus dem Auto zugedeckt. Schlaftrunken fragte sie ihn: »Was soll ich bloß machen?«

Ray nahm sie in seine Arme. »Du mußt Vertrauen haben«, sagte er.

Er trank wieder häufiger. Sie ließ ihn in den Bars ausrufen und beschattete ihn von ihrem Wagen aus. »Du kannst mich nicht lieben, du trinkst«, sagte sie.

Er sagte: »Ich trinke, weil ich dich liebe.«

Eines Abends schlug er sie. Er prügelte sie durch die Küche und stieß sie dabei gegen den Herd. Sie rief die Polizei, und Ray wurde wegen Körperverletzung festgenommen. Zerzaust und müde stellte sie am nächsten Morgen eine Kaution und zog ihre Anzeige zurück. Ray vermutete, daß sie jetzt den Polizistinnen alles mögliche zutraute.

Im folgenden Jahr kultivierte sie eine ganze Reihe tödlicher Krankheiten, die Ray viel Zeit und Nüchternheit abverlangten. Er fuhr sie zu Röntgenaufnahmen, EKGs, zu Blutuntersuchungen, zu gründlichen Durchuntersuchungen. Plötzlich war die Rede von einem Gehirntumor, von Krebs. Die Ärzte kamen zu keiner eindeutigen Diagnose. Sie selbst gab sich noch sechs Monate. Alle drei Monate. Bis zu ihrer Schwangerschaft.

Ich besuchte Ray und Merry auf ein Wochenende, um ihnen bei der Vorbereitung des Kinderzimmers zu helfen. Wir strichen die Wände tiefseeblau und zogen den Fußboden ab. Windeln, Gummihöschen, ein weißer Babykorb mit Cremes und Sicherheitsnadeln — Ray zeigte mir all das voll Stolz, als hätte er ganz seltene Entdeckungen gemacht. Merry führte uns vor, wie sie während der Wehen keuchen würde.

Sie hatte eine Fehlgeburt. Ich mag gar nicht darüber nachdenken, wieso und warum. Während sie in der Klinik war, schlief Ray nicht in ihrem gemeinsamen Schlafzimmer. Er verbrachte die Nächte im geplanten Kinderzimmer, eingerollt in einen Schlafsack.

Als Merry aus der Klinik entlassen wurde, rief sie Ray nicht an, wie sie es miteinander ausgemacht hatten. Sie nahm statt dessen ein Taxi, schleppte ihren Koffer ins Haus, raffte ein paar Sachen zusammen und machte sich auf zum Ballantyne Pier.

An diesem Tag herrschte das typische Schmuddelwetter von Vancouver. Ray fuhr einen Traktor im riesigen Laderaum eines Schiffs, der *Argo.* Er trug Salzberge ab, indem er sie in die Ladevorrichtung schob. Merry kümmerte sich weder um Verbots- und Warnschilder noch um das Geschrei des Vorarbeiters. Sie ging stracks die Gangway hinauf, überquerte das Deck und hielt auf der Höhe von Rays Arbeitsplatz inne. Sie brüllte zwanzig Meter zu ihm hinunter. Und da er sie wegen des Motorenlärms und des Krachs der Förderbänder nicht verstehen konnte, öffnete sie ihre Tasche und feuerte die gesamte Babyausstattung vor den Traktor. Sie schmiß Windeln, Lätzchen, eine Frotteegiraffe und eine Babyrassel zu ihm hinunter.

Ray stellte die Motoren ab und fragte, was, verdammt noch mal, mit ihr los sei.

Sie weinte. Er wollte nur, daß sie schwanger sei, damit er in Ruhe mit anderen Frauen vögeln könne. Sie weinte, weil ihr Baby zur Hölle gegangen war.

Ray und Sophia lernten einander in einem Hotel bei den Getreidesilos kennen. Sie war Barmädchen. Sie verwöhnte ihn mit Gratisrum, bald folgten Kost und Logis. Ich habe sie nur einmal zusammen erlebt, bei einem Essen, zu dem meine Eltern anläßlich von Rays Geburtstag geladen hatten. Ich war gerade mit meiner Examensarbeit in Völkerkunde beschäftigt und betrachtete Ray und seine Liebe wie eine angehende Akademikerin. Ich erforschte sie, als hätte ich eine von der Ausrottung bedrohte Kultur vor mir.

Ray lungerte in Billigklamotten herum. Er trug Hemden

aus Kunstfaser mit Sonnenuntergangsmotiven auf den Taschen. Sophia konnte sich überhaupt nicht von ihrer Baseballmütze trennen. Außerdem mußte sie eine orthopädische Halskrause tragen, weil sie vor einiger Zeit bei einem Autounfall verletzt worden war. Sie war blond, Portugiesin, und ihre Stimme war rauh von zwei Jahrzehnte währendem Zigarettenkonsum. In ihrem Slang standen sie einander in nichts nach. »Adele, reg dich ab!« sagte Ray. Und Sophia meinte: »Mensch, sei nicht so verkrampft!«

Ray hatte seinen Job verloren, und Mum fragte ihn, wie es mit seinem Arbeitslosengeld aussehe. Er hatte es nicht beantragt. Er führte seine Faulheit auf ein Drüsenfieber zurück, das nun schon zweiunddreißig Jahre andauerte. Er rechnete damit, früher oder später eine ordentliche Entschädigungszahlung zu kassieren. »Bis dahin lebe ich von ihren Trinkgeldern«, sagte er. Verschwörerisch meinte er zu mir: »Ich lebe von den Brötchen, die sie verdient.« Allmählich dämmerte mir, daß mein Bruder ein Arschloch war.

Sophia plauderte mit mir im Untergeschoß, wo ich Zeit damit totschlug, Untersetzer aufeinander zu stapeln. Sie legte ihre Hand auf meinen Arm. Ihre Fingernägel waren bis zum Nagelbett abgekaut. Ihre Haut, der sie eigentlich einmal wieder hätte frische Luft gönnen sollen, war mit einer glänzenden Creme zugekleistert.

»Du bist ein kluges Mädchen, sagt dein Bruder jedenfalls. Er ist ziemlich stolz auf dich. Du hast ihn wohl sehr gern?«

Ich nickte. Sie plapperte einfach weiter.

Sie erzählte mir, daß sie Ray sehr liebe, daß sie die Absicht hätten, die Anzahlung für ein Wohnmobil zu leisten, aber sie mache sich Sorgen um ihn. Sie erzählte, daß sie seit ihrem Unfall Beruhigungsmittel nehme und daß die Pillen nach und nach verschwänden. Sie hoffe doch, daß Ray sie nicht klaute. Er sei in letzter Zeit immer so lustlos. Er bekomme keinen Ständer mehr. Er sagt, er habe von Geburt an einen krummen Schwanz.

»Davon will ich nichts hören«, sagte ich.

Sie lachte. »Ach, du bist noch so jung. Aber bald wirst auch du mit Männern zu tun haben.«

»Hab ich schon«, sagte ich sehr zurückhaltend.

»Bestens, Adele.« Sie sah traurig aus, als hätte ich sie vor den Kopf gestoßen. »Viel Spaß denn«, sagte sie und ging wieder nach oben.

Schamlos baute ich Ray in mein Programm ein. Du mußt Bücher lesen, die mit deinem Fachgebiet nichts zu tun haben, den Kühlschrank abtauen, deinen Bruder anrufen. Gelegentlich lud ich ihn zum Mittagessen ein und backte tiefgefrorene Pizzas auf.

Eines Abends war ich war gerade dabei, mich auf meine Abschlußprüfungen vorzubereiten, es war schon spät, als Ray mich aus Sophias Wohnung anrief. »Adele«, sagte er, »ich krieg sie nicht mehr wach.«

Ende der siebziger Jahre lebte ich in Osoyoos, einem kleinen Nest im Hinterland, und erwartete mein zweites Kind. Mein amerikanischer Mann war beim Distant Early Warning angestellt, beim Frühwarnsystem. Bill mußte den Himmel beobachten und nach außergewöhnlichen Objekten absuchen: Raketen, Satelliten, die aus ihrer Umlaufbahn ausgebrochen waren, Weltraumschrott.

Ray kam von Zeit zu Zeit auf Besuch. Von Vancouver aus war es mit dem Wagen nur ein Tagesausflug. Immer wenn er Streit mit Gretel hatte, ungefähr alle sechs Wochen, tauchte er mit drei Kisten Bier auf und sagte: »Kennst du nicht eine flotte Lehrerin? Oder eine willige Hilfsschwester?« Spätestens am Sonntagnachmittag wurde er unruhig und hatte nur eins im Sinn — sich mit seinem Goldäpfelchen, wie er sie nannte, möglichst schnell wieder zu versöhnen. Ich habe Gretel nie kennengelernt. Angeblich war sie eine Meisterschwimmerin, Butterfly. Ray drohte, er würde einmal ihre sämtlichen Auszeichnungen und Medaillen von den Commonwealth-Meisterschaften mitbringen, um es zu beweisen. Sie arbeitete in einem Feinkostgeschäft. Ihre Speisekammer war immer gut bestückt mit Wurst und Käse. Sophia erwähnte er nie mehr.

Einmal unterhielten Ray und ich uns während des Abendessens über das Leben an der Küste. Er erzählte davon, wie langweilig er seinen Job fand und wie wenig er ihm bedeutete. Ich versuchte, ihm seine Bedeutung im weltweiten Geflecht zu erklären, versuchte, ihm zu erklären, was er für die Zukunft Kanadas tat, wie wichtig gerade er für das Wachstum sei: Pottasche und Schwefel aus Kanadas Boden machten Felder in Japan fruchtbar, Holzspäne, die aus unseren Wäldern stammten, sorgten für Papier in China, kanadische Kohle heizte Stahlwerke in Südamerika, unser Getreide war auf den auseinandertreibenden Kontinenten von Nutzen. Wahrscheinlich habe ich ein bißchen von oben herab doziert, ich war selbst nicht überzeugt von dem, was ich redete.

Er wechselte schließlich das Thema. »Du hast es gut«, meinte er, »du mit deinem Haus, deiner sozialen Stellung, mit deinem Kind.«

Er mochte Graham gern. Beim letzten Mal, als Ray bei uns war, schlug er vor, Graham, der damals zwei war, und mich zu einer Luftfahrtschau mitzunehmen. Er ließ nicht locker. Begeistert schilderte er die Loopings und das Trudeln der Maschinen. Da würden Männer zu sehen sein, die auf einer Tragfläche balancierten. Und Fallschirmspringer.

»Adele, du mußt unbedingt die Blue Angels erleben!«

»Ich weiß.«

»Und natürlich auch die Snowbirds. Kanadier übrigens.«

Er erwähnte noch, der Eintritt würde pro Wagen berechnet, zehn Dollar. Je mehr Leute im Wagen seien, desto preiswerter sei das Vergnügen. Gretel würde in ihrem Feinkostladen Sandwiches machen und sie einfach mitgehen lassen.

Ich mußte eine Ausrede finden. Ich konnte ihm schwerlich sagen, daß ich Angst hatte, mit ihm zu fahren. Er fuhr wie ein Verrückter. Graham war zwei; und ich war schwanger. Als ich sein enttäuschtes Gesicht sah, fragte ich mich *How can I let him down.*

Wir blieben lange auf und sahen uns Pornofilme im französischen Programm von CBC an. Lange aufzubleiben mit Ray — nichts wünschte ich mir mehr, als ich ein Kind war. Ich simulierte Alpträume und Hustenanfälle, biß mich in den Arm, tat alles mögliche. Und jetzt ging das einfach so.

»Ich bin erledigt«, sagte ich beim Nachspann. »Träum schön.«

»Nacht, Schätzchen«, sagte er.

Während ich Graham zudeckte, hörte ich, wie er das Klappbett auszog.

Einmal lag ich mit meinem Bruder im Bett. Als ich dreizehn war und er siebenundzwanzig, fuhren wir nach Medicine Hat, um Jackson und seine Frau zu besuchen. Unsere Mutter bestand darauf, daß ich ihn begleitete. Ich konnte

Karten lesen und ihn auf unachtsames Wild aufmerksam machen. Ray in Begleitung seiner kleinen Schwester auf Fahrt zu schicken, bedeutete für sie, ihn vor Gefahren zu bewahren: vor Nachtfahrten und vor nächtlichen Saufereien.

Während der ersten hundert Meilen sangen wir alte Reklame-Songs, zum Beispiel über den »kleinen Klacks« von Brylcreem oder den Polaroid-Swinger: »Dies ist keine gewöhnliche Kamera, diese Bilder leben.« Ray machte eine Aufnahme von mir vor einem Modell des Ogopogo, einem Ungeheuer im Okanagan-See. Als dann das Gebirge dem Radioempfang im Weg stand, mußte ich ihm vorlesen. Ich las und las im Angesicht der Gletscher, der Rocky-Mountain-Ziegen, von Gebirgsabhängen. Auf diese Weise entgingen mir alle Naturwunder. Wir unterhielten uns nur während der Pausen beim Tanken und an Schnellimbißständen. Als wir in Calgary die Auffahrt zur Trans-Canada-Autobahn suchten, meinte Ray, daß hier in der Gegend sein Vater leben müsse, der jetzt in der Ölbranche tätig sei. Um Konversation zu machen, fragte ich ihn, ob er meinen Vater Humphrey gemocht hatte. Und er antwortete: »Nicht die Bohne.«

Am Ende jedes Kapitels zählte ich die Seiten, die noch fehlten. Am Ende eines Buches schätzte ich die Entfernungen zwischen unseren Pausen.

Auf der Rückfahrt gerieten wir in ein Unwetter. Taubeneiergroße Hagelschloßen trommelten auf den Wagen, und Ray konnte im Scheinwerferlicht nur ein paar Meter weit sehen. Wir stiegen in einem kleinen Hotel ab, in einem Städtchen, in dem gerade der Strom ausgefallen war. Wir nahmen zwei Einzelzimmer. Wir hatten um ein Doppelzimmer mit getrennten Betten gebeten. Aber es war keins frei.

Ich zog mich nicht aus. Durch das Fenster beobachtete

ich einen Blitz — es war aber nur ein Wetterleuchten, wie sich später herausstellte. Ich fragte mich, ob ich den Boden noch unter den Füßen hatte. Leute, die vom Blitz getroffen waren, das wußte ich, wurden manchmal vom Erdboden verschluckt.

Ich klopfte an die Tür von Rays Zimmer.

»Ich habe Angst«, sagte ich.

Ray war schon eingeschlafen. Er hatte nur seinen Slip an. Sein Gesicht war vom Kissen zerknittert. »Komm unter die Decke!« sagte er.

Ich zog das Bettuch hoch, legte mich drunter und warf mir die restlichen Decken auf meiner Seite über. Ich wollte den Respektabstand zwischen uns wahren. Ray war zu müde, um dies sonderbare Verhalten überhaupt zu registrieren. Er drehte sich auf den Bauch und atmete sofort regelmäßig.

Ich beobachtete die Blitze draußen, Schlag um Schlag, wie sie Rays Rippen, seine Wirbelsäule, die Rundung seines Kopfes beleuchteten. Plötzlich gingen die Lichter in der Stadt wieder an, und sie sah aus wie in fremdartiges Neon getaucht. Ich hörte, wie der Donner Richtung Osten abzog, und schlief ein, tief und fest und sicher.

Flüge

Es war an Queen Victorias Geburtstag. Ich erinnere mich genau. Wir hatten schulfrei. Den ganzen Tag über hatte ich so ein komisches Schuldgefühl, ich sollte eigentlich woanders sein. Ich hatte Penny beim Tischtennis geschlagen und fuhr dann mit dem Fahrrad nach Hause. Am Ende unseres Weges sah ich meine Mutter und meine zweitälteste Schwester auf der Terrasse vor unserem Haus. Ich fuhr sehr schnell und tat so, als ob ich in sie hineinbrausen würde. »Ich kann nicht bremsen«, rief ich. »Rettet die Kinder und rennt um euer Leben!«

In letzter Sekunde machte ich einen Bogen und sauste in ein Büschel Narzissen. Die beiden zuckten nicht. Joyce hatte noch immer ihre Sonnenbrille auf, dabei gab es nichts, wogegen sie ihre Augen hätte schützen müssen. »Hallo, Leute«, sagte ich. »Warum sitzt ihr denn hier draußen im Dunkeln?« Mein Fahrradscheinwerfer strich ihnen über den Schoß. Sie waren wie hypnotisiert von einem Schwarm von Nachtfaltern, die sich im Lichtstrahl wie verrückt aufführten. Da merkte ich, daß irgend etwas nicht in Ordnung war. »Was ist denn los?«

»Joyce ist drauf und dran, Eric zu verlassen«, sagte Mum behutsam. Ich war betroffen von dem Wort *verlassen.* Joyce hatte ihn in Wirklichkeit noch nicht *verlassen,* obwohl sie neben uns saß und nicht bei ihm war. »Sie wird einige Zeit bei uns bleiben, bis sie wieder auf den Beinen ist.«

»Oh«, sagte ich.

»Sie soll es dir selbst erzählen. Ich bringe den Rasenmäher rein, bevor ihn jemand klaut.« Sie überquerte den zur Hälfte in Zickzacklinien gemähten Rasen und zog das Gerät unter einer Blutweide hervor. Sie rief, um das Geratter zu übertönen: »Riecht das Gras nicht gut?« Dann verschwand sie in der Garage. Sie weinte.

So gut ich konnte, legte ich meinen Arm um meine Schwester. Joyce war damals vierundzwanzig, zehn Jahre älter als ich. Sie war allerdings einen Meter achtzig groß, in voller Länge, aber sie war schön — sie hatte dunkles Haar, einen ziemlich langen Hals und eine Haut, weiß wie Reis. »Eric konnte keinen Job halten«, sagte sie schließlich. »Wir hatten nichts zu essen, außer Haferflocken.«

Diese Sätze bestätigten, was ich schon gehört hatte: Eric war ein Träumer. Statt für Brot und Kleidung zu sorgen, war er immer auf der Jagd nach Flugzeugteilen. Seit ihren Flitterwochen hing in jedem ihrer schäbigen Zimmer das Gerippe eines Flugzeugflügels von der Decke. Mir hatte er einen Flug nach Djakarta versprochen, wenn er erst Propeller hätte. Er bezahlte keine Rechnungen und führte lange Ferngespräche mit einem Fliegerkumpel in Gander Bay. Er benutzte den Namen von Joyce, um ein neues Telefon zu beantragen, nachdem das alte gesperrt worden war. Ich hielt ihn für schlau und romantisch und Joyce für beneidenswert.

»Und er hat mich geschlagen«, sagte sie. Sie rollte langsam ihre Ärmel hoch und zeigte mir erst ihren rechten Arm, dann ihren linken. Dann drehte sie sich zur Seite und schob die Brille hoch. Und ich sah, daß ihre eine Gesichtshälfte und ihr Hals von blauen Flecken übersät waren.

Am nächsten Tag drang meine Mutter darauf, daß ich die

Schule schwänzte. Ich sollte meiner Schwester Gesellschaft leisten. Vor allem sollte ich Mum benachrichtigen, falls Joyce länger als zehn Minuten im Badezimmer bleiben oder ihr Spiegelbild in einer scharfen Klinge betrachten sollte. Ich versäumte eine mündliche Prüfung über französische Verben. Nach der Schule rief mich meine Freundin Penny an. Sie wollte herausfinden, ob ich krank oder sonstwas nicht in Ordnung sei. »Die Ehe von Joyce ist am Sand«, sagte ich. »Sie muß mir alles erzählen. Das ist viel wichtiger als Französisch.«

»*Très* interessant«, sagte sie. »Soll das heißen, daß Eric jetzt frei ist?« Penny sah sich bereits in der Rolle einer Verführerin. Sie sah sich an der Stelle von Joyce.

Joyce hatte sich endgültig mit Eric eingelassen, als der Familienkram zwischen den Vätern offiziell geklärt war, obwohl Robert ziemlich häufig bei uns herumhing. Unsere Mutter June ging gleich zwei Jobs nach, und mein Bruder Ray arbeitete im Hafen. Meine älteste Schwester Irene unterrichtete einen belgischen Einwanderer in Englisch. (Sie heiratete ihn schließlich und landete bei all diesen langweiligen belgischen Dingen — bei Salzgebäck, dem Theater mit den Tulpen und der Erziehung einer koketten kleinen Tochter.) Samstags sah ich meinen Vater und Filme. Joyce hatte die Schule nach der elften Klasse verlassen und lungerte mit Eric am Flughafen herum. Sie schaffte es schließlich, unsichtbare Flugobjekte am bewölkten Himmel an ihrem Geräusch zu erkennen. Sie heirateten, nachdem Eric in die Warteliste für Bodenpersonal aufgenommen worden war. Sie war gerade zwanzig.

Am späten Nachmittag raste Mum los, um schnell noch etwas zum Abendessen einzukaufen, und Joyce hörte eine

Platte von Herb Alpert und seiner Tijuana Band *The Lonely Bull.* Sie wollte nichts essen, hatte keine Lust auf eine spiritistische Sitzung, wollte sich nicht unterhalten. »Du gehst mir auf die Nerven, Adele«, sagte sie.

»Wie wär's, wenn wir mit dem Hund spazierengingen? Groucho würde etwas Bewegung guttun.«

»Ich brauche kein Kindermädchen.« Joyce sprang auf und setzte die Nadel noch einmal beim Plattenanfang an. Die Trompeten gellten.

Ich überredete sie dazu, sich ein bißchen in die Sonne zu legen. Es würde ihre Blutergüsse schneller zum Verschwinden bringen, wenn sie sie der Luft aussetze. Sie nahm zwei von Mutters Schultertüchern und drapierte sie um ihren Busen und um ihre Hüften. (Eric hatte ihren Badeanzug als Warnflagge beim Abschleppen benützt und ihn auf einer Schnellstraße verloren.)

Es war heiß. Unser Welsh Corgi, der so alt war wie ich, hechelte unter einem Gebüsch. Nach einigen Minuten bat mich Joyce, ihr die Sonnencreme herauszubringen. Sie schmierte üppig ihre Beine, Arme und Hüften ein und glänzte in dem rostigen Liegestuhl, den ich aufgestellt hatte.

Ich öffnete mein Französischbuch und schmökerte in dem Kapitel über Jacqueline, die am Arc de Triomphe auf Paul stößt. Das Thema des neuen Begriffsfeldes lautete »Kennenlernen«. Ich sah von der Vokabelliste auf, ich hatte gerade eine andere Wortbedeutung herausgefunden, als ich bemerkte, daß auf dem Gesicht meiner Schwester Tränen herunterliefen. »He, Mensch«, sagte ich. Ich ging zu ihr hinüber und tätschelte ihre glitschigen Schultern.

»Ich werde nie mehr einen anderen Mann lieben können«, sagte sie. »Niemals.«

»Sicher wirst du«, sagte ich. Ich wünschte, unsere Mutter wäre zu Hause.

»Du hast das ganze Leben noch vor dir, Adele.«

»Nicht wirklich«, sagte ich. »Nicht so wie du.«

Als unser Stiefvater vom Hafen nach Hause kam, nahm sie sich zusammen. Mum ließ Käse auf Rosinenbrot schmelzen — Joyce hatte diese Art Toast immer besonders gern gemocht — und machte einen Kartoffelsalat an. Joyce rührte ihren Toast nicht einmal an. Als Mum nach dem Grund fragte, sagte Joyce, sie könne solche Toasts seit ihrer Teenagerzeit nicht ausstehen. Robert kam auf Eric zu sprechen: »Weißt du, was ich am liebsten täte, Liebling?«

»Nein«, sagte Mum. »Was denn?«

»Ich würde am liebsten hinfahren und diesem Bastard den Flieger anzünden.« Robert blickte in die Richtung von Joyce und von mir. »Verzeih, meine Teure, am liebsten würde ich ihm mit einem stumpfen Rasiermesser die Eier abschneiden.« Er meinte es gut, aber Mum bemerkte, wie ernst Joyces Gesicht war, und sie wechselte das Thema. Schließlich beschlossen Robert und Mum, den Gerichtsvollzieher anzurufen, den sie monatelang abgeblockt hatten, und ihm die gegenwärtige Adresse ihres Schwiegersohns anzugeben. Sie mußten irgend etwas tun.

Als Joyce Eric geheiratet hatte, fühlte ich mich einsam zu Hause, von aller Welt verlassen. Sie hatte sich um mich gekümmert, als ich eine Göre war, und mit mir »Großmutter, wie viele Schritte darf ich machen?« gespielt. Sie gab mir zehn Dinosaurierschritte rückwärts auf, und ich war auf der Straße, mitten im Verkehr. Sie drohte mir damit, die Nazis anzurufen, wenn ich mir nicht die Zähne putzte. Später einmal spielten wir im Nachthemd im Wohnzimmer Peggy und Kleinjanet von den Lennon Sisters und sangen aus der Lawrence-Welk-Show:

Auch kleine Lappen tun es.
Tun wir's auch,
Let's fall in love.

Ich blickte zu ihr auf.

Eines Abends waren Mum und Robert auf einen Besuch in ein Pflegeheim gefahren. Joyce kam mit einem Eiswürfelbehälter an und machte mir eine Pediküre, ich sollte es lernen, um ihr später auch eine machen zu können. Während sie an ihrem Eiswürfel nuckelte und Nägel schnitt und feilte, kam sie auch auf Eric zu sprechen. Sie fühle sich schuldig, wenn sie ihn verließe; am Ende müsse aber jeder selbst sehen, wie er durchkommt (sie berief sich auf Prinzessin Margaret und Tony und auf das zänkische Paar aus *Verliebt in eine Hexe*). Und sie war verletzt: Er hatte ihr gesagt, kein anderer Mann würde ihr seine besten Jahre opfern, sie würde als streitsüchtige Hexe enden.

»Aber wenn du bei ihm geblieben wärst, wärst du verhungert«, sagte ich. »Egal, wenn ich in drei Jahren mit der Schule fertig bin, dann können wir beide zusammenleben.«

»Einverstanden.« Sie gab mir den anderen Fuß. Mein Vorschlag reizte sie offenbar nicht.

Eines Sonntags frühstückten Mum, Joyce und ich in einer Crèperie. Mum hatte auch daran gedacht, Irene dazuzubitten. Doch Irenes überschäumendes Temperament bügelte immer alle anderen nieder. Wir bestellten Pfannkuchen mit Himbeermarmelade und Tee.

»Gott sei Dank habt ihr keine Kinder«, sagte Mum zu Joyce. »Wenigstens kannst du dir ungehindert eine Arbeit suchen.«

»Noch nicht«, sagte ich.

»Ich glaube, ein Job würde auf dein Selbstbewußtsein Wunder wirken.« Mum blinzelte Joyce aus den Augenwinkeln an. »Du hast Lehrgeld gezahlt. Du solltest unter Leute kommen. Man muß unter Leute kommen, wenn man in Trennung lebt.«

Robert hatte Joyce ein paar Tage zuvor zum Rechtsanwalt begleitet. Sie hatte jetzt auch die gesetzliche Trennung von Eric eingeleitet. Sie belangte ihn nicht wegen Körperverletzung. Sie sagte, die Schuld treffe beide zu gleichen Teilen, sie habe ihn provoziert.

Niemand fragte nach Einzelheiten.

»Ich habe keine Lust, mit anderen Leuten zusammenzukommen, Mutter«, sagte sie. »Und ich habe Anspruch auf Sozialhilfe.«

»Nicht, solange du im Haus von Robert lebst. Und auch nicht, wenn du nicht krank bist.«

»Dann ziehe ich eben aus«, sagte Joyce.

»Und ich komme mit«, sagte ich.

Mum klopfte mit ihrem Teelöffel gegen die Tasse, so daß das junge Paar in der Nische nebenan aufmerksam wurde und sich umwandte. »Joyce, ich habe deinetwegen mit jemandem Kontakt aufgenommen.« Unsere Mutter spielte Klavier. Bei ihrem Kontakt für Joyce handelte es sich um einen Abteilungsleiter in einem Kaufhaus, den sie irgendwie über ihren Musikkram kennengelernt hatte. Er veranstaltete Modenschauen und Wettbewerbe für Nachwuchstalente. Er war sich sicher, daß Joyces Schönheit und Charme sie zur Vorführdame prädestinierten. Mum sah schon eine Karriere als Mannequin am Horizont.

»Ich habe keine Lust, eine Schürze zu tragen und Käseproben anzubieten«, sagte Joyce.

»Nun hör mir mal zu!« Mum sprach in ernstem Ton, aber durchaus liebevoll. »Du hast dich einen Dreck um das gekümmert, was ich dir gesagt habe, als du noch jünger warst. Vielleicht hättest du jetzt die Güte, mir nun ein bißchen besser zuzuhören.«

Joyce tauchte ihren Pfannkuchen in die Marmelade. Unsere Mutter hatte das Gefühl, einen kleinen Sieg davongetragen zu haben. Sie zahlte die Rechnung.

Anfang Juni hatte Joyce ein Konto auf ihren Namen eröffnet, verdiente sieben Pfund und wirkte kleiner. Am Samstagnachmittag fuhren Penny und ich in die Innenstadt, und uns Joyce bei ihrer Vorführarbeit anzusehen.

Vor dem Schaufenster des Kaufhauses Woodward bemerkten wir eine Reihe Schirme. Wir bahnten uns mit den Ellbogen einen Weg durch die Leute, indem wir das Zauberwörtchen »Presse« murmelten. Sie trug schwarze Frotteeshorts und ein schlabbriges Oberteil und strampelte lässig auf einem Standfahrrad. Sie machte Reklame für den letzten Schrei an elastischen Strumpfhosen. Ihre Beine, die leicht die Farbe von Pekoe-Tee angenommen hatten, kontrastierten mit ihren blassen Armen. Während einer Pause ruhte sich Joyce im Inneren des Geschäftshauses aus. Sie lehnte sich gegen eine Wand von Schuhkartons. »Dieser Fahrradjob nimmt einen her«, sagte sie. »Ich spüre beide Pobacken.«

Penny und ich fühlten mit ihr. Dann kam der Abteilungsleiter und zog sie am Handgelenk zurück zum Schaufenster. Wir sahen ihr noch ein Weilchen zu, winkten zum Abschied und suchten nach einer günstigen Gelegenheit, uns aus der Hand lesen zu lassen. Wir fanden keine in unserer Preislage. Am Victoria Square schnitt Penny noch einmal das Schicksal von Eric an. Ich sagte ihr, er sei niedergeschlagen und habe sich freiwillig zur Luftwaffe gemeldet. Das war gelogen. Sie fragte, wo er stationiert sei.

Als wir völlig durchnäßt nach Hause kamen, löste Joyce gerade Kreuzworträtsel in der Fernsehzeitschrift. Sie war um drei Uhr gefeuert worden.

Mum hielt es nicht aus, wenn irgendeine Frau ohne Mann war. Sie und Robert verglichen die schiefgelaufene Ehe von Joyce mit einem Sturz vom Pferd. Sie mußte schnell wieder aufsteigen, je eher, desto besser. Da sie im Augenblick arbeitslos war, täte sie gut daran, einen Mann zu finden, der sie erhalten könnte. (In Wirklichkeit arbeitete sie inzwischen wieder. Sie hatte sich beim Arbeitsamt gemeldet und war vorübergehend in einer Papierfabrik angestellt, die gerade Inventur machte. Sie mußte unzählige Stöße von Kanzleipapier durchzählen.) Natürlich posaunten meine Eltern ihre Bedenken, Joyce betreffend, nicht überall herum. Und auch ich hielt mich mit dem zurück, was ich so mitbekommen hatte.

Mir war sofort klar, daß etwas im Gange war, als Mum uns ins *Grouse Nest* zum Abendessen einlud, wo sie die Woche über Klavier spielte. Das Restaurant krönte einen nahe gelegenen Berg. »Zieht euch beide gut an«, sagte Mum noch.

Joyce trug einen cremefarbenen Hosenanzug von Mum, ich schwitzte in einem Kilt und einem Twinset mit Norwegermuster. Als Mum uns in der Eingangshalle erspähte, schlug sie einige dramatische Akkorde an. Am liebsten wäre ich im Erdboden versunken. Joyce stand neben dem Geschäftsführer. An dem für uns reservierten Tisch stellte sich ein Ober mit Namen vor. Dietmar war größer als Joyce. Seine Augen hatten etwas vom ausgewaschenen Grün unreifer Birnen. Mum klimperte *Kismet.*

»Joyce, nehme ich an«, sagte er. »Ich hoffe, Sie haben Hunger mitgebracht.« Er nestelte am Docht der Tischkerze herum und zündete sie an. Er entfaltete Leinenservietten über unseren Knien. Am linken kleinen Finger trug er einen Ring.

»Er ist genau das, was der Doktor verordnet hat«, meinte Mum, als sie uns mit ihrem Impala nach Hause kutschierte. Sie rühmte sein gutes Benehmen und dachte laut darüber nach, ob sie lieber Lachs oder Steaks zum Grillen bestellen solle, wenn Dietmar zum Abendessen komme. Joyce spielte am Autoradio herum, bis sie etwas Vertrautes hörte. »Paul Anka«, sagte sie. »Das ist Paul Anka.«

Dietmar war Mutters Wahl. Robert hatte sich für Rex entschieden. Rex stammte aus der Gegend von Portland. Er war selbständiger Unternehmer und besaß einen Schlepper; er beförderte Zedernholz auf Schleppkähnen. Er platzte eines Nachmittags bei uns herein, um einen verstellbaren Flaschenzug auszuleihen, als wir zufällig alle im Hinterhof beisammensaßen. Joyce sonnte sich in Mums Tüchern. Mum fragte mich im Schatten einer Weide unregelmäßige französische Verben ab. *Croire* wollte sie gerade wissen. Am nächsten Tag war die Klassenarbeit fällig.

Rex war ebenfalls ziemlich groß. Er war blond, trug einen Schnurrbart und grinste wie ein Otter. Er gefiel mir.

»Hallo«, sagte Joyce und nestelte an ihrem Oberteil herum.

»Hallo, Rex«, sagte unsere Mutter. »Sag schon Guten Tag, Adele!«

»Hallo«, sagte ich. Mir fiel dabei ein, daß sich sein Name nur in einem Buchstaben von dem Wort ›Sex‹ unterschied.

»Stell noch einen Stuhl auf!« sagte Robert. »Was möchten Sie trinken?«

Die Männer diskutierten über sowjetische Fischereifahrzeuge, die sich in nordamerikanischen Gewässern herumtrieben. Groucho begann, von Rex' Bier zu schlappen, das in einem Krug zu seinen Füßen stand. Robert fluchte. Er drohte, er würde den Hund der Wissenschaft überantworten, und ich sah ihn giftig an. Joyce starrte auf den Steingarten, als würde er sich merklich verändern.

Mum funkte dazwischen: »Rex, haben Sie tatsächlich in jedem Hafen ein Mädchen?«

»Das denn doch nicht.« Er blickte zu Joyce.

»Warum nicht?«

»Ach Mutter«, sagte ich.

»Keine Zeit«, sagte Rex.

»Um so besser für Sie«, sagte Robert. »Ich unterhalte einen ganzen Harem. Und das verschafft mir eine Menge Ärger.«

»Er macht Witze«, sagte Mum.

Joyce stand auf und streckte sich. Wir redeten nicht weiter. Wir bewunderten sie. Ihre Rippenbögen waren immer noch zu sehen. Sie war leicht gebräunt. Ihre Blutergüsse verblaßten allmählich. Sie hob Mums Poncho auf und legte ihn sich über die Schulter. »Wie heißt das Schiff eigentlich, Rex?«

»Es hat noch keinen Namen. Ich streiche es gerade neu. Deswegen brauche ich ja auch den zusätzlichen Flaschenzug.«

»Ach ja.«

»Sie müssen es sich einmal ansehen, wenn ich fertig bin«, sagte er.

»Bald?« fragte Mum.

Drei Tage später gingen Joyce und ich in der English Bay an Bord von Rex' herrlichem Schiff. Es war am ersten Juli, Dominion Day. Ich war völlig erledigt von den Abschlußprüfungen der neunten Klasse. Penny litt irgendwo in einem Camp auf frostigem Boden. Ich freute mich auf die Sommerferien mit Joyce.

Rex ließ Joyce ans Steuer und informierte uns mit tiefer, ruhiger Stimme über die Umgangsformen auf See. Er drückte mir ein Tauende in die Hand und zeigte mir, wie man einen einfachen Seemannsknoten macht. Später aßen wir Thunfisch auf Kaiserbrötchen, tranken Club-Soda und paff-ten Mentholzigaretten.

Wir dümpelten in der Dämmerung zu unserem Liegeplatz. Joyce wollte von Rex wissen, warum Geräusche auf dem Wasser so viel deutlicher zu hören seien. Rex stellte den Motor ab. Gischt spritzte auf unsere Wangen. Er fragte sie, worauf sie so gespannt lausche.

Joyce hob ihren Kopf und meinte: »Ich weiß es auch nicht.«

Rex küßte uns beide beim Abschied vor der Haustür. Allerdings küßte er meine Schwester zuletzt und länger.

»Wenn du Rex heiratest, könntest du Amerikanerin werden«, sagte ich zu ihr, als Rex verschwunden war.

»Aber ich bin doch verheiratet«, sagte sie.

Ein kleines Hotel am Kingsway stellte Joyce als Aushilfszimmermädchen ein. Sie ließ dort kleine Seifenstückchen mitgehen, die wir in unseren Stiefeln versteckten und herausschmuggelten. Wir schwatzten über die Gäste aus allen Teilen des Kontinents, denen sie begegnete. Es handelte sich meist um Autotouristen, die ungehobelter und provinzieller waren als die Leute, die per Flugzeug anreisten. Da Joyce fast immer erschöpft war, verdonnerte mich Mum dazu, die Hausarbeiten mitzuübernehmen, für die eigentlich Joyce zuständig gewesen wäre.

Das Abendessen für Dietmar war auf einen Montag angesetzt, den Ruhetag des Restaurants. Irene und ihr Mann kamen ebenfalls. Sie kamen mit allen möglichen verderblichen Lebensmitteln und mit ihrem Baby. Sie wollten am nächsten Tag in ein Dorf bei Lüttich abreisen, wo alle Mitglieder der angeheirateten belgischen Familie vor sich hin alterten. Irene unterhielt sich mit Joyce und mir, während sie Eisbergsalatköpfe ins Gemüsefach stopfte.

»Offen gesagt«, meinte Irene, »Eric war eine Ratte. Du brauchst jemand, Joyce, der etwas reifer ist.«

»Er war keine Ratte«, sagte Joyce.

»Ich kann nicht verstehen, daß du noch immer für ihn eintrittst«, erwiderte Irene. Sie wandte sich zu mir: »Er hat sie geschlagen, verdammt noch mal.«

Joyce starrte auf einen Haufen Salatköpfe. »Adele, sei so lieb und hol mir meine Zigaretten von oben!«

»Später.«

Joyce zwickte mich fest in den Arm. »Sofort!«

»Redet ja nicht weiter, während ich weg bin!« Ich hastete hinauf (ich hörte noch, wie Irene sagte: »Ich glaubte, du hättest ihn verlassen«) und nahm das Zigarettenpäckchen von Joyces Kopfkissen. Als ich zurückkam, hatte Irene unbeholfen ihren Arm um Joyce gelegt. Sie mußte sich dazu ausstrecken.

»Ich habe dich gern«, sagte sie.

»Ich dich auch«, sagte sie.

»Ich möchte, daß du glücklich bist.«

Sie sahen mich beide an. Sie hatten einander nichts weiter zu sagen. Für einen Augenblick schien es so, als wären sie gar keine Schwestern.

»Hier ist das Baby.« Irene musterte mich und beachtete Joyce nicht weiter.

»Ich bin das Baby.« Joyce nahm ihre Zigaretten.

»Adele ist der Einfall danach.« Unser Dauerscherz in der Familie.

Irene beugte sich über das restliche Gemüse. »Na, wirst du dich auch gut um die Tiere kümmern, Adele, während wir weg sind?«

Ich nickte. Robert, Dietmar und Peter, der Mann von Irene, kicherten draußen.

»Wer ist dieser Dietmar?« fragte Irene.

Während des Essens lachte Dietmar pflichtschuldigst über die Provinzlerscherze von Robert, tat Mum schön, verglich sie sogar mit Liberace, ließ sich lobend über Belgien aus und tat so, als liebte er Joyce abgöttisch. Joyce genoß seine Aufmerksamkeit, doch sie zuckte zurück, als er die Gräten aus ihrem Fisch zog. Irene half beim Abwasch und unterhielt sich mit Robert darüber, ob er sie zum Flughafen bringen würde. Danach fuhr Peter mit seiner Familie nach Hause. Mum und Robert ketteten Groucho an seiner Hundehütte an und zogen sich absichtlich früh zurück. Joyce, Dietmar und ich blieben im Wohnzimmer zurück. Er hatte seinen Kopf hinter ihren geschoben und murmelte irgend etwas vor sich hin über ihren Nacken.

»Magst du Musik, Dietmar?« Ich stand schnell auf und holte das Plattenalbum mit Polkamusik.

»Nein.«

Mum rief von oben: »Adele, ab ins Bett!«

»Morgen ist keine Schule.«

»Red keinen Unsinn!« rief sie.

»Gute Nacht«, sagte Dietmar zu mir.

»Gehst du jetzt?« fragte ich.

Joyce lachte, fing sich aber gleich wieder.

»Abgang, Bühne links«, sagte sie zu mir.

Ich ging mit einem Krimi zu Bett und las bis zum ersten Mord. Dann schlug ich beim Ende nach. Mein Verdacht war falsch gewesen. Dann hörte ich die Schritte der beiden. Und ich hörte, wie sie Joyces Tür abschlossen. Ich mußte darüber nachdenken, wie modern die Moralbegriffe in unserer Familie geworden waren. Ich ließ mein Licht brennen.

Nach Mitternacht tauchte Joyce auf. Sie hatte Dietmars Hemd an und schien ziemlich durcheinander. »Darf ich reinkommen?« fragte sie.

»Du bist schon drin.«

Sie stand da und rieb sich Nasenrücken und Backenknochen, als wollte sie sich vergewissern, daß sie ein Gesicht habe.

»Soll ich Mum holen?« fragte ich.

»Nein.« Sie ließ sich auf dem Boden nieder und lehnte sich gegen den Bettrahmen. »Wie heißt dieser Mann überhaupt?«

»Was?« Ich verstand überhaupt nichts von dem, was sie sagte.

»Wie heißt er?«

»Du meinst seinen Familiennamen?«

»Seinen Vornamen.«

»Dietmar«, sagte ich. »Dietmar soundso.«

»Ach ja.« Sie zog sich die Bettdecke übers Haar.

»Ist was?« fragte ich.

»Nichts«, sagte sie.

»Bist du sicher?«

»Absolut nichts.«

Ich fragte nach. »Wie heißt *du* eigentlich?«

»Joyce.«

Dietmar schnarchte nebenan. Wir lagen in meinem schmalen Bett und teilten uns ein Kissen. Sie schlief unvermittelt ein. Ihre geschlossenen Augen zuckten im Traum. Ich stellte mir vor, was sie wohl in der anderen Welt sehen würde. Ich berührte mit meinem Finger ihr kaltes Ohr.

Ich weckte Joyce nicht rechtzeitig auf, und sie wurde vom Motel entlassen. Ein Gast, ein Nichtraucher, hatte sich über Zigarettenasche im Waschbecken beschwert. Der Motelbesitzer rief an und meinte, die Verspätung sei der letzte Tropfen gewesen. Mum war außer sich. Sie hatte morgens an die Tür von Joyce geklopft, und als keine Antwort gekommen war, hatte sie sich darauf verlassen, daß Dietmar sie zur Arbeit gefahren hatte. Sie war äußerst verärgert, als sie entdeckte, daß meine Schwester bei mir war. Sie berief einen Familienrat ein, noch bevor sie sich die Zähne geputzt hatte.

»Was wirst du jetzt machen, Joyce?« Mum saß am oberen Ende der Treppe und flocht Zöpfchen in ein Teppichende.

»Ich habe keine Ahnung«, sagte Joyce. »Ich fühl mich nicht so toll.«

»Sie braucht Schlaf«, sagte ich.

Meine Mutter sagte nichts mehr. Nach dem Frühstück fuhr sie uns in ihrem Wagen zu Irenes spießigem Backsteinhaus im Süden der Stadt. Irene zahlte mir fünf Dollar pro Woche dafür, daß ich den Vogel und die siamesischen Kampffische fütterte und ähnlich stumpfsinnigen Kram erledigte.

Joyce zockelte mit. Sie hatte es satt, sich von unserer Mutter ausfragen und Vorhaltungen machen zu lassen. Während ich den Kühlschrank abtaute, leerte Joyce ein Säckchen Münzen aus und schnippte sie unruhig herum.

»Doppeltreffer«, sagte sie.

»Prima«, sagte ich. Meine Finger steckten gerade im Eiswürfelbehälter.

»Was ist los mit dir, Adele? Hast du auch eins abbekommen?«

So war es. Mum beschuldigte mich, immer auf der Seite von Joyce zu sein. Es sei auch meine Schuld, daß sie verschlafen und ihren Job verloren habe. Und Joyce war unberechenbar. Einerseits meinte sie, daß sie Eric immer noch liebte, aber sie schlief mit Dietmar. Andererseits vergaß sie seinen Namen, zehn Minuten nachdem sie mit ihm geschlafen hatte. Sie ging mir schwer auf die Nerven. Aber ich ließ mir nichts anmerken. Ich gab ihr das Eis. »Du drückst dich immer, Joyce.«

»Wie meinst du das?«

»Du hilfst nie. Ich muß mich um den Kühlschrank kümmern und Staub saugen und den Vogelkäfig saubermachen. Und dann muß ich dir auch noch was zum Essen machen.«

»Wo ist der Staubsauger, Delly?«

»Im Vorzimmerschrank.«

Sie senkte den Kopf, als sie durch die Diele ging. Ich hörte, wie ein Kabel entrollt wurde und dann das monotone Brummen. Sie hatte den Staubsauger angeschlossen und hielt den langen Schlauch, freilich ohne Endstück, und zog den Motorteil hinter sich her.

»Vielen Dank, Joyce.«

»Die Rechnung kommt später.«

»Hier ist ein Anschlußteil«, sagte ich. »Es paßt.«

Sie erledigte schnell die Küche und ließ jedes Mal ein »Hoppla« hören, wenn eine Münze in den Bauch des Staubsaugers klirrte. Sie arbeitete sich ins Eßzimmer vor. Ich reinigte mehrere Gefriergefäße und ordnete sie im Tiefkühlfach. Schließlich fand ich auch das eigentliche Vorsatzstück für den Staubsauger und gab es ihr. Es lag ganz hinten im Vorzimmerschrank.

Joyce steckte den Schlauch durch die Käfigtür. Sesamkörner, Vogelsand und ein paar Federn verschwanden im Rohr. Der rosafarbene Fink von Irene krampfte sich plötzlich mit Schnabel und Krallen am Tintenfischbein fest, oben im Käfig.

»Paß auf, Joyce!« schrie ich.

Sie reckte das Kinn und schob die Staubsaugerröhre sachte und mit Absicht noch ein bißchen höher. Plötzlich war der prächtige Vogel verschwunden.

Unsere Eltern konsultierten einen ägyptischen Psychiater. Er empfahl strikte Ruhe. Er beruhigte Mum und Robert. Ihre Absichten waren goldrichtig gewesen, Joyce Abwechslung verschaffen zu wollen. Aber möglicherweise war sie zu belastet gewesen. Er wies sie in die Hollywood-Klinik ein, einem baufälligen Anwesen in New Westminster. Dort hatten in den fünfziger Jahren verhaltensgestörte Filmschauspieler neue Kräfte gesammelt, ohne Aufsehen. Die Klinik war diskret, lag abseits der üblichen amerikanischen Touristenpfade.

Mum und Robert ließen natürlich nichts davon durchdringen, daß Joyce in eine Anstalt eingewiesen worden sei. Unseren Freunden und Verwandten erzählten sie, Joyce mache eine längere Camping-Tour im Hinterland. Selbst mir erlaubten sie nicht, Joyce vor Ende Juli zu besuchen, als sie sich schon ein bißchen beruhigt hatte.

Sie schaukelte im überfüllten Gemeinschaftsraum in einem Rohrsessel, der von der Decke baumelte. Das zu einem Zopf geflochtene Haar hing ihr herunter wie ein Klingelzug, strähnig, als sei es mit Margarine behandelt worden. Ich küßte sie zur Begrüßung, umarmte sie und ließ sie nicht los, bis sie mir einen herzhaften Stups gab: »Ich hoffe doch, daß du mich nicht für verrückt hältst.« Das war der erste Satz, den sie zu mir sagte. »Ich möchte, daß du kapierst, daß ich etwas langsamer treten muß.«

Sie bestand darauf, daß es sich bei der Geschichte mit Irenes Vogel um einen Unfall handelte. Sie bedankte sich für die Horoskope, die ich ihr jede Woche schickte. Sie habe sich etwas merkwürdig benommen, schon wahr. Sie sei mit sich noch immer nicht im reinen, ob sie Eric verlassen solle. Sie würde schon damit fertig werden. »Hat Eric angerufen?«

»Keine Ahnung«, sagte ich. Joyces Anwalt hatte uns mitgeteilt, daß Eric die Scheidung eingereicht habe.

»Willst du mein Zimmer sehen?«

Sie teilte das Zimmer mit drei anderen Frauen, die sie alle für irrsinnig erklärte. Joyce deutete auf ein ungemachtes Bett und forderte mich auf, mich zu setzen. Sie schleppte sich zu einem Stuhl gegenüber. Als ein Besucher die Nase ins Zimmer steckte, hatte ich das Gefühl, als sei ich ein Klinikpatient.

»Was meint der Arzt?« fragte ich.

»Die Sphinx?« sagte sie. »Das dauert. Das braucht seine Zeit.

»Was ist nicht in Ordnung mit dir?«

Joyce schüttelte den Kopf. »Was ist mit *dir* nicht in Ordnung?«

Ich wußte nicht, was ich sagen sollte. Wahrscheinlich gab es eine Menge Dinge, die nicht in Ordnung waren. »Was machst du den lieben langen Tag?«

»Ich drehe mich um mich selbst«, sagte sie. »Die Erde dreht sich. Ich drehe mich mit ihr.« Sie blies auf einen kurzen Fingernagel. »Du drehst dich übrigens auch, Delly. Du auch.«

Von da an besuchte ich sie jeden Nachmittag. Eigentlich sollte ich mit meinem richtigen Vater zusammensein. Aber ich erzählte ihm, daß ich mich um Joyce kümmern müsse. Joyce und ich taten so, als wohnten wir in einem großen Haus mit lauter verrückten Mitbewohnern. Wir spielten Kinderspiele. Wie die anderen Patienten auch, regten wir uns über das Essen und über das Wetter auf. Das brachte nichts. Joyce hatte recht: wir drehen uns ganz einfach um uns selbst auf der Erde.

Eines Tages übten Joyce und ich den Bossa Nova auf dem Rasen, als Rex uns von der Veranda her zuwinkte. Er hatte Joyce zwei Bücher mitgebracht — eins über einen Mann, der allein die Welt umsegelt hatte, und einen Atlas. Sie gab beide Bücher an mich weiter.

»Die Landwirtschaftsausstellung wird am Samstag eröffnet«, sagte Rex. »Wenn du rechtzeitig rauskommst, könnten wir hingehen. Wir könnten reiten, Tiere ansehen.«

»Ich glaube nicht, daß ich das möchte«, sagte sie. »Aber vielen Dank.«

Ich sah mir den Atlas näher an. Mir taten beide leid.

»Ich möchte niemanden sehen, Rex.«

»Verstehe«, sagte er. »Aber du kannst mich anrufen, wann immer du willst. Auch wenn's nur auf eine Tasse Kaffee wäre. Ich rufe dich zurück.«

Joyce schüttelte ihm am elektronisch gesicherten Tor die

Hand und kam dann zurück. Wir legten uns auf den Rasen und sahen den anderen Patienten zu, wie sie Rumba tanzten. »Ich möchte, daß mich alle in Ruhe lassen«, sagte sie.

Beim Abendessen fragte Robert, ob sich Joyces Stimmung durch den Besuch von Rex ein bißchen aufgeheitert habe.

»Nicht wirklich«, sagte ich.

»Warum nicht?« fragte Mum.

»Es ging ihr besser, als er wieder weg war.«

»Sie ändert alle Augenblicke ihre Meinung«, sagte Mum. »Den einen Tag wünscht sie, Eric wäre bei einem Flugzeugunfall umgekommen, den nächsten ist sie deprimiert, weil sie keine Kinder hatten. Sie weiß selbst nicht, was sie will.«

»Am liebsten möchte sie, daß man sie in Ruhe läßt«, sagte ich kühl. Robert spürte den Unterton in meiner Stimme. »Warum laßt ihr beide sie nicht in Frieden?«

Robert murmelte etwas von einem Paar Würstchen. Er ging bei der Hintertür hinaus und stellte das Wasser an. Er sprengte den Rasen. Mum wartete.

»Es geht ihr eigentlich ganz gut, wenn sie mit mir zusammen ist«, sagte ich.

»Sie war auch mit dir zusammen, als sie so krank geworden ist«, sagte Mum. »Sie ist eine Frau, Adele. Sie braucht *jemanden.*«

»Sie braucht mich«, sagte ich und kämpfte gegen die Tränen.

Joyce war schließlich soweit, daß sie selbst über ihre Rückkehr entscheiden durfte. Sie entschied sich für den Tag nach Labour Day. Robert war unter dem Vorwand einer Erkältung zu Hause geblieben, um dies Familientreffen entsprechend feierlich zu begehen. Ray rief an und sagte, daß Merry sehr starke Kopfschmerzen habe. Es war bedeckt, aber wir saßen draußen und öffneten eine Flasche heimischen Sekt. Ich ging im Geist noch einmal meinen witzigen Trinkspruch durch, da stieß Mum schon mit einem »Auf euer Wohl« an, mein Glas war noch leer. Meine Eltern schenkten Joyce einen neuen Badeanzug, einteilig, türkisfarben.

Sie ging nach oben, um ihn anzuprobieren. Es läutete, Groucho schlug an, ich rannte zur Eingangstür. Ein nicht mehr ganz junger Mann stand davor. Er trug eine Nehru-Jacke mit eingewebten Silberfäden. Er hatte eine Trompete unter dem Arm. »Ist June zu Hause?« fragte er.

»Wer sind Sie?«

»Rudy von der Musiker-Gewerkschaft. Sie sagte, ich sollte heute vorbeikommen.«

»Sie sind alle im Garten«, sagte ich.

Er ging um die Hausecke. Mum begrüßte ihn überschwenglich. Ich eilte nach drinnen.

Der Badeanzug paßte wie angegossen. »Soll ich ihn vorführen?« fragte Joyce.

»Eher nicht. Draußen hängt so ein Trompeter rum.«

»Ach«, sagte sie. »Haben die gleich eine Band bestellt, um mich bei meiner Rückkehr zu begrüßen?«

Wir gingen zu ihnen auf die Veranda. Mum hatte Platten mit Aufschnitt, Schwarzbrot und Gewürzgurken vorbereitet. Sie unterhielten sich gerade über Livemusik in Kanada. Rudy ließ bei seinen Sandwiches die obere Brotschicht weg. Er achtete, wie er sagte, auf die Kalorien. Seit kurzem war er wieder Junggeselle. Seine Ex-Frau, eine ehrgeizige Sängerin, war nach Toronto abgehauen.

Ich bat Mum in die Küche. »Hast du diesen widerlichen Typen eingeladen? Ausgerechnet heute?«

»Ja«, sagte sie. »Er heißt Rudolph.«

»Warum heute? Etwa für Joyce?«

»Überhaupt nicht. Ich will vielleicht wieder mit einem Trio auftreten.«

»Ich hab's gleich geahnt.«

Mum zog mich leicht am Kinn und drehte mein Gesicht so, daß ich ihr in die Augen blicken mußte. »Es ist schrecklich, wenn man jemanden verliert, der einem nahesteht«, sagte sie. »Ich habe das zweimal durchgemacht. Ich wünsche dir, Adele, daß dir das erspart bleibt. Wenn du etwas älter bist, wirst du mich verstehen.« Sie ließ mich los, drehte sich um und ging zu den anderen.

Ich blickte durchs Küchenfenster. Irene brachte einen Salat. Robert tauchte auf der Suche nach einer weiteren Flasche Sekt kurz auf. Mum hörte Rudy aufmerksam zu, der ihr lautstark die wichtigen Voraussetzungen für einen Hit erklärte. Er ließ sich über die Melodie aus, die natürlich gleich ins Ohr gehen müsse; über den Refrain, der leicht zu behalten sein müsse. Der Text, keine Frage, müsse natürlich vom Anfang einer Liebe handeln. Oder von ihrem Ende. Joyce hörte überhaupt nicht zu. Sie beobachtete unseren Hund, wie er unter Rudys Stuhl lag und schlief. Dann schob sie eine Hand an die Stirn. Ich bemerkte, wie meine Schwester am Himmel einen Gegenstand beobachtete, der sich sehr schnell vorwärts bewegte.

Zweiter Weihnachtsfeiertag

Am Morgen des zweiten Weihnachtsfeiertags stocherte ich ein bißchen im kalten Truthahnfleisch herum und las in meinem neuen Buch für Heranwachsende ›*Ein ganz besonderer Sommer*‹. Es handelte von einem jungen Mädchen names Judy, dessen Vater gestorben war. Sein Tod stürzt die Familie in eine farbige und fast beneidenswerte Armut. Sie muß gleich nach der Schule arbeiten, wird Raumausstatterin und lernt Kent kennen, einen tollen Kerl, er ist Segler und ein bißchen eingebildet. Es gab Mißverständnisse, Grill- und Pool-Parties, und ich konnte das Buch nicht weglegen. Es spielte in Kalifornien.

Meine Mutter schlappte in ihren neuen Pantoffeln in die Küche. »Das ist doch hoffentlich dein Bruder da auf der Couch?« sagte sie.

»Persönlich«, sagte ich.

»Ich habe gar nichts gehört, als er nach Hause gekommen ist«, sagte sie.

»Ich aber.«

»War's spät?«

»Was nennst du spät?«

»Zwei?«

»So etwa.«

»War er angetrunken?« fragte sie naturgemäß. Ich sagte nichts. »Dann war er es also«, sagte sie. Sie schüttelte den Kopf. »Er wird nicht begeistert sein.« Sie meinte Robert. Sie hatte ihn geheiratet, obwohl er zwölf Jahre jünger war als sie.

Sie legte ein Tuch über den Truthahn und trug ihn hinaus. »Du hast das ganze dunkle Fleisch genommen, Adele. Ist dir das klar?«

»Tut mir leid«, sagte ich. »Bist du mit deinen Pantoffeln zufrieden?«

»Sie müssen noch etwas weiter werden«, sagte sie.

»Und wie steht's mit deinem Buch?«

»Judy hat eine Regatta verpaßt, und Kent ist eingeschnappt abgezogen.«

»So ist das Leben«, sagte Mum. Sie marschierte hinaus, und ich hörte, wie sie im Wohnzimmer mehrmals geduldig »Raymond, Raymond, Raymond« sagte. Dann gab sie es auf.

Ich legte das Buch beiseite, auf den Kopf, die Seiten aufgeschlagen, und sah zum Fenster hinaus. Der Hof flimmerte. An der Westküste, in Vancouver, waren wir Schnee nicht gewöhnt. Er war so ungewöhnlich wie eine längere Schönwetterperiode im Sommer. Schnee verdiente alle Aufmerksamkeit, allen Respekt, ein Vorzeichen. Ich beobachtete eine getigerte Katze, wie sie versuchte, auf der weißen verharschten Kruste ihrem Atem nachzulaufen. Alle paar Meter sank die Katze im Schnee ein, dann verhielt sie sich einen Augenblick lang absolut unbeweglich und schien ihr weiteres Schicksal abzuwarten. Mir war nicht ganz klar, ob sie vor Schreck steif geworden war oder ob sie sich besonders intelligent benahm.

Der Schlaf hatte ihn hinweggetragen. Ray hatte eine Art, tief zu schlafen, um die ich ihn beneidete. Von Zeit zu Zeit bewegte sich seine linke Augenbraue wie bei einem Achselzucken, und er lächelte im Schlaf, als würde er in eine Geschichte eingeweiht, in der seine Wenigkeit die Hauptrolle spielt. Ich wollte immer sehen, was er sah, immer tun, was er tat, immer dort sein, wo er war. Unsere Schwestern, Irene und Joyce, waren verheiratet. Von ihnen hatte ich nichts zu erwarten.

Ich kitzelte meinen Bruder mit einem Lamettafitzelchen an der Nase. Er drehte sein Gesicht auf das Kissen. »Hör auf damit!« sagte er. Ich strich ihm über die Wange. »Laß das, Adele, oder es hängt bald jemand am Apfelbaum!« Ich hörte auf. Er schlug die Augen auf und sagte: »Fröhliche Weihnachten.«

»Das war gestern«, sagte ich.

»Sehr witzig!«

»Ich mache keine Witze«, sagte ich. »Also, in meinem Weihnachtsstrumpf habe ich . . .«

Ray setzte sich auf. »Meine Hose? Wo ist meine Hose?«

»Auf dem Lehnstuhl«, sagte ich.

»Keine dummen Sprüche«, sagte er. »Hol sie mir!«

Ich sprang auf und brachte sie ihm. Ich hielt die Hose an einer Gürtelschlaufe, um zu verhindern, daß sich die Taschen ausleerten. Er zog die Hose an. »Ist unser Muttchen schon auf? Der *Herr* in diesem Haus?«

»Sie macht die Betten. Den Lärm in der Dusche macht Robert«, sagte ich. »Sie hat sich Sorgen um dich gemacht. Sie hat die Polizei angerufen, um herauszufinden, ob jemand tödlich verunglückt sei, der so aussieht wie du.«

Ray schüttelte den Kopf. »Ich bin unverwüstlich«, sagte er. »Wo ist Dallyce?«

»In Texas.«

»Ich meine das Mädchen«, sagte er.

»Welches Mädchen?«

»Ich schnappe gleich über«, sagte er. Er streifte seinen Pullover über und suchte seine Tasche nach etwas Rauchbarem ab; er wühlte in seiner Jacke und fischte seine Autoschlüssel heraus, die an einem roten Hasenfuß befestigt waren. »Nimm deinen Mantel!« sagte er. »Mach schnell!«

Im Drugstore kaufte Ray für Mum das ganze Zeugs aus der Serie ›Abend in Paris‹; für Robert Old-Spice-Deodorant und frivole Cocktail-Rührstäbchen (mit Hintern und Busen); für unsere Schwestern und ihre Männer kaufte er Black-Magic-Pralinen; auf dem Weg zum Volkswagen öffnete er die Packungen, und wir aßen alle Stückchen mit Nuß. Ich selbst hatte mir eine Sonnencreme ›Sea & Ski‹ ausgesucht, nach deren Gebrauch man Jahr und Tag aussah, als komme man gerade von Jamaika zurück. Sie wirkte nachhaltiger als jedes Make-up. Mehrere Tage lang wusch ich mir nicht das Gesicht. Ich wollte meine Schulkameraden reinlegen und ihnen vorspielen, ich sei sonstwo gewesen. Ausgerechnet für diese Creme mußte Ray den vollen Preis bezahlen.

Auf dem Rückweg vom Einkaufszentrum fragte Ray beiläufig: »Na, wie geht's denn so zu Hause?«

»Wie soll's gehen?«

»Ich meine mit Mum? Alles in Ordnung?«

»Ich weiß es nicht«, sagte ich. »Frag sie doch selbst!«

»Du erlebst den ganzen Mist mit. Du bist die einzige, die noch zu Hause ist. Streiten Mutter und Robert noch immer?«

Ich nickte.

»Worum geht's?«

»Gestern ging es zum Beispiel um dich«, sagte ich. »Wie konntest du auch den Weihnachtstag vergessen! Nicht einmal angerufen hast du!«

»Das ist eine lange Geschichte.« Er bremste scharf vor einer

Verkehrsampel, die auf Gelb gesprungen war. Wir schlitterten in die Kreuzung. Ein Laster hupte.

»Glatteis«, sagte ich. »Ja, ja, Eis«, sagte er.

Als Ray und ich zurückkamen, saß ein blondes, etwa dreißigjähriges Persönchen, das ich nie zuvor gesehen hatte, an unserem Küchentisch und war ganz in Judys Leben vertieft. Ihre Hände schienen so zierlich zu sein, daß sie mein Buch kaum halten konnten.

»Wo ist meine Mutter?« fragte Ray sie.

»Keine Ahnung. Es war niemand hier, als ich aufstand«, sagte sie. Sie sprach, als würde sie ein Geheimnis verraten.

»Wahrscheinlich sind sie nach nebenan gegangen. Bei den Nachbarn gibt's eine Party«, sagte ich. »Heute abend gehen wir zu Irene zum Truthahn-Essen. Sie ist dran. Wir haben gestern gekocht. Joyce fährt zum Ausklang der Feiertage nach Skookumchuck, zur Familie von Eric.«

Ray und das weibliche Wesen starrten einander an. Schließlich sagte sie: »Sind dir irgendwo deine Manieren abhanden gekommen?«

Er schickte ihr durch die Luft einen Kuß zu. »Also, Dallyce, das ist Adele«, sagte er. »Sie ist das Schätzchen in unserer Familie. Adele, das ist Dallyce, sie ist mein Schätzchen.«

»Verlaß dich nicht so drauf!« sagte sie.

»Das ist also der Stand der Dinge, hm?« Er öffnete die Tür des Kühlschranks und verschwand fast im Eiskasten. »Wo bist du schließlich gelandet?«

»Unten im Musikzimmer«, sagte Dallyce.

»Einigermaßen bequem?«

»Nicht gerade das Ritz.«

»Von mir geträumt?« fragte er.

»Haarige Angelegenheit«, sagte sie. Er blinzelte über die Kühlschranktür hinweg zu ihr hinüber. Ich war mir nicht sicher, ob sie ihn richtig verstanden hatte.

»Komm mit nach unten. Ich werde dir auf dem Klavier ein Ständchen bringen. Dann kannst du meine Weihnachtsgeschenke einpacken.«

»Tausend Dank«, sagte sie.

Ray zerkleinerte einige Eiswürfel in seinem Glas und schenkte sich zwei Finger hoch Korn ein. »Ihr wißt ja, wo ich bin«, sagte er schließlich.

Ich zog meine Jacke aus und hängte sie über die Stuhllehne. Dallyce und ich sahen einander über den Tisch hinweg an. Dann hörten wir die Einleitungstakte von *Moon River.*

»Das ist mein Lied«, sagte ich.

»Er spielt nicht so übel«, sagte sie.

»Ja, ja«, sagte ich. »Willst du einen Kaffee?«

Dallyce strahlte. »Ja, gern.«

Ich füllte den Wasserkessel und schaltete die Herdplatte ein. »Kennst du meinen Bruder eigentlich schon lange?«

»Seit dem ersten Weihnachtsfeiertag.« Sie knickte ein Ohr in eine Seite meines Buches und klappte es zu. »Ich fand ihn sozusagen unter meinen Weihnachtsgeschenken.«

»Nimmst du Zucker?« fragte ich. »Milch?«

»Beides.«

Wir warteten darauf, daß das Wasser kochte. »Was machst du eigentlich? Ich meine, was arbeitest du?«

»Ich unterrichte.«

»Was?«

»Ich bin Aushilfskraft. Naturwissenschaften, Französisch, Sport, kannst's dir aussuchen.«

»Ethikunterricht?«

»Ethikunterricht habe ich auch gegeben.«

»Ethikunterricht ist doch für die Katz«, sagte ich.

Ich brühte den Kaffee auf, Dallyce überwachte den Vorgang. Sie trug einen gestreiften Minirock, dazu ein passendes Oberteil. Tarzans Jane mochte so etwas ähnliches im Dschungel angehabt haben. Ich sah an ihr herunter. »He, du hast dieselben Schlappen wie Mum. Mein Stiefvater hat ihr solch ein Paar geschenkt.«

»Oh«, sagte Dallyce, »es sind ihre. Meine Stiefel haben mich gedrückt.« Sie rührte ihren Kaffee um. »Ray hat mir erzählt, daß eure Mutter mehrmals vor dem Traualtar gestanden ist.«

»Dreimal.«

»Dreimal?«

»Sie ist nicht gerade eine Elizabeth Taylor«, sagte ich. »Sie hat es schwer gehabt. Mit Rays Vater hat es nicht hingehauen, und mit meinem auch nicht.«

»Und wie läuft's diesmal?«

»Besser.«

»Das ist gut so.« Dallyce setzte ihren Kaffeebecher ab. »Ich war auch schon einmal verheiratet, aber das ist lange her.«

»Ach ja?«

»Ja. Wir wurden am Neujahrstag vor dem großen Eisbär-Schwimmen getraut. Es war saukalt draußen. Wir blieben im Auto und sahen zu, wie dieser Haufen verrückt gewordener Gänsehaut ins Meer hüpfte.« Dallyce hob das Tuch an und stocherte am Truthahn herum. Sie nahm auch nur dunkles Fleisch. »Das ist was für Verrückte. Das ist nichts für jeden, dieses Eisbär-Schwimmen.«

Mum und Robert kamen lachend die Auffahrt heraufgealbert. Ray und Dallyce unterhielten sich leise im Musikzimmer und packten Geschenke ein. Ich las im Licht des Weihnachtsbaums, hingegossen auf die Couch. Robert, der Elch mit dem großen Geweih, klopfte seine Stiefel auf der Eingangsmatte ab, Mum, die Elchin, tat desgleichen. Robert öffnete die Tür und sagte: »Unter Null. Kälter als ein Hexenarsch.«

»Da ist ja mein Engel«, sagte Mum. »Direkt unter dem Weihnachtsbaum.«

»Das ist kein Engel«, sagte Robert ausgelassen. »Das ist dein Balg.«

»Nenn sie nicht so«, sagte Mum mit leicht verletzter Stimme.

»Warum nicht?« sagte Robert. »Was ist sie anderes als ein richtiger Balg?«

»Na, wie war's auf eurer Party nebenan?« fragte ich.

Mum schlüpfte aus dem Mantel und hängte ihn auf. »Na ja, es war ganz nett, daß wir mit den hochnäsigen Nachbarn einmal wieder zusammen waren. Finde ich jedenfalls.«

»Einmal im Jahr ist einmal zu viel.« Robert ließ sich in den Lehnstuhl fallen. »Adele, du kannst dir nicht vorstellen, was die Strachans gemacht haben. Soll ich ihr erzählen, Liebling, was diese blöden Strachans angestellt haben?«

Mum kam aus dem Vorzimmer zurück. »Ich glaube nicht, daß sie das wirklich interessiert, Schatz.«

»Ich glaube schon.«

»Nicht wirklich«, sagte ich. »Bei Judy und Kent wird's gerade spannend.«

»Ach ja.« Robert erhob sich, kam zur Couch herüber und ließ sich neben mir niederfallen, sein Atem strich mir ins Gesicht. Hätte ich ein Streichholz angezündet, hätte die Luft zwischen uns zu brennen angefangen. »Was spielt sich denn gerade ab bei Judy und Kent? Geht's um Liebe? Haß? Wilden Sex? Oder alles zusammen? Wird es ein Happy-End geben? Wird einer sterben? Wer war's?«

»Quäl sie nicht, Bob!« sagte Mum.

»Tu ich doch gar nicht. Oder quäle ich dich, Balg?«

»Na ja.«

Robert machte ein trauriges Gesicht, nahm die letzte Handvoll Erdnüsse vom Teller auf dem Couchtisch und ließ sich wieder in seinen Sessel fallen.

»Wo ist denn Ray?« fragte Mum. »Sein Wagen ist doch . . .«

»Er ist im Musikzimmer«, sagte ich. »Er hat Besuch.«

»Wen?« Robert sprang wieder auf.

»Eine Lehrerin.«

»Eine Lehrerin!« sagte Robert. »Keine Bewährungshelferin?«

»Eine Lehrerin«, wiederholte ich.

Robert ging mit großen Schritten ins Treppenhaus und brüllte: »Raymond, bring deine Lehrerin herauf und stell sie deinen Eltern vor!«

»Er ist unverbesserlich«, sagte ich.

Mum blickte aus der anderen Ecke des Raumes zu mir herüber. »Es würde dir sicher nicht weh tun, wenn du dich ein bißchen dafür interessieren würdest, was er dir sagt«, meinte sie sanft. »Wer sorgt schließlich dafür, daß du ein Dach über dem Kopf hast? Wer legt Weihnachtgeschenke unter den Baum? Und«, fuhr sie spitz fort, »wer sorgt für die Erdnüsse auf dem Teller?«

»Ich wollte doch nur in Ruhe lesen«, sagte ich.

»Und wer hat das Buch herbeigeschafft, in das du dich da vertiefst?« sagte sie. »Du weißt doch, daß er für euch Kinder sein letztes Hemd geben würde. Hat sich eigentlich einer von euch einmal darüber Gedanken gemacht, daß es mich kränken könnte, daß ihn niemand so recht ernst nimmt?«

Ich schloß die Augen. Im Treppenhaus machte mein Bruder Dallyce mit Robert bekannt. »Meine Mutter scheint verschwunden zu sein«, sagte Ray. »Sie hat wahrscheinlich ihre Zauberpantoffeln aneinandergeschlagen und sich dann in Luft aufgelöst.«

»Nein, ich bin hier«, sagte Mum und räusperte sich. »Ich bin schon hier.«

Ray hielt sich eine Ewigkeit in der oberen Toilette auf. Robert wurde redselig. Er war in Fahrt gekommen. »Also, Dallyce, June — Rays Mutter — und ich . . .«

»Ich bin auch die Mutter von Adele«, unterbrach Mum.

»Aber ja«, sagte Robert. »June ist die Mutter von Ray und Adele, und da wir schon dabei sind, sie ist auch die Mutter von Irene und Joyce, verdammt noch mal, sie ist die Mutter von allen. Nun zufrieden?« fragte er.

»Zufrieden«, sagte sie.

»Gut. Alles bestens. Was ich sagen wollte, Dallyce, June und ich haben, wie man so sagt, aus Liebe geheiratet. Ich hatte einige mißglückte Ehen hinter mir, über die Einzelheiten will ich mich heute abend nicht auslassen. June hat zwei durchlitten. Ihr erster Mann, Ray senior, brach ihr das Herz, indem er mit einem Telefonfräulein aus Calgary durchbrannte. Wobei diese Berufsbezeichnung geschmeichelt ist. Und der Vater von Adele . . .« Robert blickte durchs Wohnzimmer zu mir hinüber. »Nun, Adele, wie würdest du die Geschichte erzählen?«

»Ich weiß nicht«, sagte ich.

Er sah meine Mutter an. »Wie würde man das beschreiben? Eine bittersüße Geschichte vielleicht?«

Mum drehte ihr Glas in der Hand. Sie sah müde aus. Sie hätte ihre Lippen nachziehen müssen. »Schön, er konnte seine Zuneigung nicht ausdrücken. Wahrscheinlich sind Sie solchen Männern auch schon mal begegnet, Dallyce.«

»Natürlich«, sagte Dallyce sanft. »Einem oder zweien.«

»Er kannte nur eins: Arbeit, Arbeit und immer wieder Arbeit«, sagte Mum.

Robert stand auf und machte sich noch einen Drink. Er hatte von Natur aus eine mächtige und laute Stimme. Er sprach jetzt leiser. »Liebling, es wäre doch nicht ungerecht zu behaupten, daß es Adele vielleicht gar nicht gäbe (verzeihen Sie, Dallyce, daß ich so deutlich werde), wenn du nicht immer das Wesentliche im Auge behalten hättest. Verbessere mich, falls ich Unsinn reden sollte!«

Dallyce musterte mich genau, als würde ich vor ihren Augen entstehen und vergehen. Meine Mutter nickte und sagte: »Das ist wahr.« Dann blickte sie mich an und fügte hinzu: »Aber ich wollte dich auf jeden Fall haben. Nichts hätte mich davon abhalten können.«

»Natürlich«, murmelte Dallyce.

Robert fuhr fort: »June hoffte, das Baby würde ihre Ehe retten, Sie verstehen.«

»Sicher«, sagte Dallyce.

»Wir wollen damit aufhören«, sagte Mum. »Es ist schließlich der zweite Weihnachtsfeiertag.«

Ray kam zurück. »Warum seid ihr denn alle so ernst? Es wäre an der Zeit, zu . . .«, und er sang *Jingle bell, jingle bell.*

»Dein Stiefvater . . .«, begann Dallyce.

»Nennen Sie mich bitte Bob«, sagte Robert. »Und erlaube

mir, dir ein Kompliment zu deinem guten Geschmack zu machen, Ray.« Er nickte aufmunternd zu Dallyce hinüber.

Dallyce nickte zurück. »Bob hat gerade erklärt, wie er und eure Mutter zusammengekommen sind und daß diesmal die Institution Ehe zu funktionieren scheint.«

»Dummes Zeug«, sagte Ray, und ich mußte lachen. »Wir wollen feiern.«

»Ist er nicht ein toller Kerl?« sagte Mum zu Dallyce.

Ich reichte die Chips und die Knoblauchsauce herum. Dallyce nahm nur ganz wenig, weil sie gerade eine Mistelkur zum Abnehmen machte. Robert meinte, daß sie es überhaupt nicht nötig habe, abzunehmen. Er meinte, wenn Ray sie mit Quecksilber füttern würde, könne er sie als Thermometer benutzen. Sie sagte: »Deine Eltern sind hinreißend. Treffliche Gastgeber.«

Ich nahm den Hörer ab, nachdem es sechs, sieben Mal geläutet hatte. »Was ist los mit euch?« brüllte Irene ins Telefon. »Mein Vogel trocknet im Backrohr aus. Und Peter stirbt vor Hunger.«

»Ray ist aufgetaucht«, sagte ich.

»Ist mit ihm alles in Ordnung? Von woher ist er denn reingeschneit gekommen?«

»Keine Ahnung«, sagte ich. »Aber bei ihm ist alles in Ordnung.«

Meine Schwester machte eine kleine Pause. »Gab es Streit? Du weißt schon mit wem?«

»Nein«, sagte ich. »Ray hat ein Mädchen mitgebracht.«

»Ach. Wen denn?«

»Eine Lehrerin.«

»Kluger Schritt«, sagte Irene. »Na schön, Kleines, fang sie

alle ein und kommt endlich herüber! Wir warten auf euch. Sag Ray, er soll vorsichtig fahren! Es gibt da einige Verkehrshindernisse. Und du fahr nicht mit ihm! Fahr mit Mum!« Sie hielt inne. »Was ist denn?«

»Sie singen alle Weihnachtslieder.«

»Was soll das heißen: alle?«

»Mum, Ray, Robert und Dallyce.«

»Dallyce heißt sie also?«

»Genau.«

»Und was hast du gerade gemacht? Die Nase in einem Buch gehabt? Sag bloß nicht wieder ›genau‹!«

Ich legte auf. Mum kam die Treppe herauf und streckte ihren Kopf um die Ecke. »Wer war denn dran?«

»Irene. Sie wartet mit dem Truthahn auf uns.«

»Wir sollten uns auf die Socken machen.« Mum kam näher zu mir heran. »Dallyce ist eine ganz nette Person, findest du nicht auch?«

»Sie ist ganz in Ordnung«, sagte ich.

»Magst du sie nicht?«

»Das habe ich nicht gesagt. Ich habe gesagt, daß ich sie ganz in Ordnung finde.«

Mum meinte: »Na ja, ihr Rock ist ein bißchen kurz. Oder wie siehst du das?« Dann legte sie ihre Hand auf meine Stirn. »Fühlst du dich wohl, Liebling?«

»Bestens«, sagte ich.

Sie ging wieder hinunter. Und ich ging ins Bad. Ich verriegelte die Tür, zog meinen blauen Kordsamtpullover, die weiße Bluse, meine lange Hose, meinen Slip und die marineblauen Socken aus. Ich steckte meine Ponyfransen mit Mums Haarklemmen zurück. Dann schüttelte ich ›Sea & Ski‹ kräftig, drehte den Verschluß auf, ließ Creme in meine Handfläche laufen und verteilte sie dünn und gleichmäßig. Die Creme war kalt. Ich schmierte sie auf meine Stirn und auf die Wangen, um meine Nase, meine Lippen und Augen, dann hinunter zum Hals und zu den Schultern und noch weiter hinunter, ich bedeckte jedes Fleckchen, das sichtbar sein mochte. Mir war, als ob ich in eine andere Haut schlüpfte. Ich wartete einige Minuten, bis alles eingetrocknet war.

Die andere Seite des Hügels, auf dem wir wohnten, war nur etwas mit Schnee bestäubt. Gerade Schnee genug, daß die Rentiere aus Plastik und die Schlitten, die auf Dächern und Rasen verstreut waren, nicht lächerlich wirkten. Es war inzwischen stockdunkel. Mum putzte die Windschutzscheibe mit ihrem Handschuh ab. Die Rücklichter von Rays VW blinzelten zu uns herüber.

»Sie sieht blöd aus«, sagte Robert.

»Sie sieht überhaupt nicht blöd aus«, sagte Mum. »Warum hörst du nicht auf damit? Sie sieht aus, als käme sie gerade von einer Theateraufführung. Sie sieht geschminkt aus, das ist alles.«

»Sie sieht blöd aus«, sagte Robert. »Sag mir, warum du das gemacht hast?«

»Sag bloß nicht noch einmal, daß ich blöd aussehe!« sagte ich.

»Doch«, sagte er, »du siehst blöd aus.«

»Nun ist Schluß«, sagte Mum.

»Sie sieht aber blöd aus. Ich frage mich, warum ein einigermaßen intelligentes Mädchen von elf Jahren so etwas Blödes macht.«

»Ich habe es gemacht«, sagte ich, »weil ich so tun wollte, als ob ich verreist gewesen wäre.«

»Ach ja«, sagte Robert. »Vielleicht in Indien?«

Ich antwortete nicht.

»Sollte das heißen, daß du mich als den Ernährer der Familie kritisieren wolltest? Weil wir es uns nicht leisten können, Ferienreisen wie deine Freunde zu machen?« fragte Robert.

»Du gehst zu weit«, sagte Mum.

»Wirklich?«

»Hör auf damit, Bob!«

Ray fuhr scharf nach links, Robert folgte, dann beschleunigte Ray wieder.

»Diese Dallyce ist wirklich ein nettes Ding«, sagte Mum. »Mit den Füßen auf der Erde. Vielleicht ist sie ja die Auserwählte.«

»Eine Lehrerin«, sagte Robert. »Die hat er wohl nicht in der Kneipe kennengelernt.«

Ich meldete mich kurz: »Sie haben sich bei gemeinsamen Freunden kennengelernt.«

Wir fuhren schweigend weiter. Ray bog wieder nach links ab, wir folgten ihm. Die Straße war dunkel, auf beiden Seiten zogen sich offene Felder hin. Mir fiel ein, daß ich früher, als ich klein war, mit meinem Vater hierhergefahren war, zum Ponyreiten. Ich durfte auf dem Rücken von Hi-Yo Silver, dem ältesten und freundlichsten Pony, das in dieser Gegend gehalten wurde, Runde um Runde auf dem mit Sägemehl bestreuten Pfad drehen, bis das Pony in den Stall mußte. Jetzt ging es freilich um andere Dinge.

Nach dem Abbiegen stellte Robert das Blinklicht nicht ab.

»Ich glaube nicht, daß Ray ein Mädchen wie die wird halten können, Liebling. Eine Lehrerin und so. Er müßte sein Leben von Grund auf ändern. Vor allem mit der Trinkerei aufhören.«

»Soll das heißen, daß sie etwas Besseres ist als er?«

Er seufzte laut. »Warum drehst du mir immer das Wort im Mund um?« fragte er.

»Ich drehe dir das Wort im Mund um, Liebling?«

»Ich finde schon, Schatz«, sagte er. »Was meinst du dazu, du da hinten auf dem Rücksitz?«

»Ich bin gar nicht da«, sagte ich. Ray schien schneller zu fahren und uns zurückzulassen. Seine Rücklichter wurden in der Entfernung immer kleiner.

»Manchmal glaube ich, daß jeder in dieser Familie gegen mich ist«, sagte Robert. »Ich habe wirklich das Gefühl.« Seine Stimme zitterte.

»Hier geht's lang«, sagte Mum. »Und jetzt halt mal die Luft an! Hör auf mit diesem Blabla! Möchtest du wissen, was ich für ein Gefühl habe, Liebling?«

»Nein.«

»Ich habe das Gefühl, daß du dich in ein junges Mädchen wie dies verknallen könntest. Mit nackten Beinen bis da her.«

Robert blickte zu ihr hinüber. »Nimm das zurück!« sagte er.

»Nie im Leben«, sagte Mum.

»Du sollst das zurücknehmen!« sagte er. Robert stieg aufs Gas und wir schossen die Straße hinauf.

Ray fuhr langsamer, blinkte und bog in die Einfahrt unserer Schwester ein. Er schälte sich aus seinem Wagen, hatte gerade ein Bein draußen, als wir auf Irenes glitzerndes Haus zuflitzten. Dallyce hatte offensichtlich auf ihrem Sitz ausgeharrt, bis er um das Auto herumgesaust kam, um ihr die Tür zu öffnen. Eine Sekunde lang sah ich vor mir, was er sah. Der Plymouth fuhr gefährlich schnell. Zwei Geister saßen auf den Vordersitzen, mein Schatten hinten.

»Nimm das zurück!« brüllte Robert. Der Wagen zielte genau auf eine Zeder am Rand der Auffahrt. Keine Frage, wir würden in den Baum fahren. Wir würden draufprallen. Wir mußten draufprallen. Wir kamen von den Platten ab, fuhren übers Kiesbankett. Der Wagen quietschte, als Robert das Steuer herumriß und wie verrückt auf die Bremse trat. Als er zum Stillstand gekommen war, bewegten sich unsere Körper immer noch in Fahrtrichtung vorwärts, dann fanden wir in uns selbst zurück.

Im Wagen war alles still. Niemand war verletzt. Wir gewahrten wieder die Dunkelheit der Nacht um uns herum. Eiskristalle glitzerten. Die Anzeigegeräte des Armaturenbretts schimmerten bläulich. Er starrte nach vorn und atmete heftig. In der großen kalten Stille wandte sie sich ihm zu und küßte ihn, küßte und küßte ihn, bis er sie wieder küßte, zurückküßte, ihre Küsse vermischten sich mit unserem Atem.

Kleine Ungeheuer

Mum verliebte sich 1960 in Robert Kiely und ging ein Verhältnis mit ihm ein. Sie traf ihn heimlich in White Rock, einem Strand in der Nähe der Grenze zu den Vereinigten Staaten, wo nicht so viele Leute hinkamen, weil er in der Nähe eines Bahndammes lag, die Gegend war ziemlich steinig und ein bißchen abgelegen. Sie schleppte mich mit. Er tauchte mit seiner Tochter Louise auf. Mum sagte: »Ein entzückendes Kind.«

Louise war sechs, genau so alt wie ich. Sie war hübscher als ich, sie hatte ein wandlungsfähiges Gesicht: sie konnte ihre Lippen zusammenpressen und in ein erstauntes *Oh* ausbrechen; ihr verstohlener Blick erinnerte an ein Eichhörnchen; sie hatte einen Gesichtsausdruck, als stünde sie über den Dingen, die Augen weit auseinander; sie schien einer Stimme zu lauschen, die weit weg, aber sehr bedeutsam war. Jedesmal, wenn sie einen Schluck von einem Getränk nahm, hatte sie einen Schnurrbart wie von schaumiger Kräuterlimonade auf den Lippen. Sie hatte einen gelben Badeanzug an mit gefälteltem Röckchen, und Robert nannte sie »meine wandelnde Sonnenblume«. Ich legte es darauf an, sie zu beherrschen.

Der Tag war heiß, es war bedeckt. Robert beugte sich zu uns herunter, nahm uns bei den Händen und lief mit uns über den feuchten Sand. Er sagte: »Die Flut hat sich in die Hölle zurückgezogen. Die Flut ist verdammt nahe bei Japan.« Ich hatte das Gefühl, wir würden bis nach Japan marschieren, sofern es nicht regnete oder donnerte.

Louise gab furchtbar mit ihren Rückenschwimmkünsten an, während Robert mir gute Tips gab. Wenn eine Welle Louise ein wenig vom Strand forttrug, faßte er sie zärtlich bei einem Zeh, der aufreizend rot lackiert war, und zog sie zu sich zurück. Sie hatte bald genug und setzte sich auf das Badetuch mit Hudson-Bay-Motiv, umklammerte ihre Knie und starrte auf das Meer hinaus. Vielleicht wartete sie darauf, daß eine gewaltige, aufregende Welle kommen würde. Ich bemerkte, daß Mum ganz aus dem Häuschen war, sie rieb Louise überall mit Sonnencreme ein. Ich sagte zu Robert: »Ich bin vollkommen erledigt.«

Wir zogen uns hinter unseren Badetüchern um. Robert hielt das Tuch für Louise hoch, und sie zog frische Shorts an. Auf ihrem Badetuch war ein Walfisch aufgedruckt, der einem fröhlichen Goldfisch die Flosse schüttelt. Mum hielt mein Tuch hoch, es war einfarbig orange und klaffte auseinander. Louise kicherte; sie deutete auf ein nacktes Teil von mir; ich wurde wütend und warf Sand nach Mum und entblößte mich noch mehr. Schließlich hatten wir unsere Shorts an, irgendwelche kindische Blusen, Socken und Turnschuhe, wir bekamen Strohhüte aufgesetzt, wie sie Kulis in Ostasien getragen haben mochten.

Wir taten so, als ob wir Siamkatzen wären. Wir miauten und rieben uns an den Beinen unseres jeweiligen Elternteils, wir fauchten einander an und machten Buckel. Robert sagte: »Benehmt euch!« Er hatte noch seine superkleine Badehose an. Mum machte eine ganze Reihe von Aufnahmen mit ihrer Brownie-Box. Als er ihr die Träger ihres Badeanzugs für ein Foto heruntergestreift hatte, zogen wir sie wieder hoch; wir gaben uns große Mühe, daß die Träger genau auf die weißen Streifen paßten. Robert fand das überhaupt nicht lustig.

Von mir kam der Vorschlag, daß Louise und ich zum Bahndamm gingen und dort spielten. Ich machte ihr vor, wie man sich auf eine hölzerne Bahnschwelle legt. Ich hob meine Hände über den Kopf und tat so, als wären sie an den Gelenken gefesselt. Ich verschränkte meine Beine an den Knöcheln und rief »Hiiilfe« in einem sanften, unbekümmerten Ton mit Südstaatenakzent, wie ich ihn einmal in einem Zeichentrickfilm aufgeschnappt hatte. »Hiiilfe« rief ich wieder, Louise legte sich ebenfalls nieder, kauerte sich hin wie ich, auch ihr waren Hand- und Fußgelenke unsichtbar gebunden. Wir starrten einander in die Augen und riefen »Hiiilfe, Hiiilfe.«

Wir hörten das Pfeifen des herannahenden Zuges. Die sommerheißen Schienen vibrierten. Keine von uns beiden rührte sich. Wir strahlten einander an und zwitscherten »Hiiilfe«. Ich weiß jetzt, daß meine Mutter instinktiv nach uns suchte, sobald sie die Lokomotive hörte, und, als sie uns nicht fand, den Bahndamm heraufgestürmt kam, Robert hinter ihr her.

Als ich zu Louise hinüberblickte, bemerkte ich eine Maschine — riesig, ganz nah, ihr Scheinwerfer stach ins Tageslicht —, und ich erstarrte. Ich kann mich nur noch erinnern, wie Robert mich an den Armen packte, wie ich ihm entgegenschwebte und auf seine behaarte Brust prallte. Der Zug kam langsam angeschnauft. Er machte *ding, ding, ding ding,* und ein Mann brüllte: »Ihr verfluchten Arschlöcher.« Mum befand sich auf der anderen Seite des Bahndamms. Sie umarmte Louise und drückte sie an sich. Louise winselte: »Daddy!«

Am Picknick-Tisch nahm sich Robert Louise vor, legte sie übers Knie und versohlte sie, bis sie nach Luft zu schnappen begann. Mum legte ihm eine Hand auf die Schulter und sagte nur: »Bob!« Er machte sich erbötig, sich meiner anzunehmen, aber Mum ließ es bei einer ihrer üblichen Standpauken bewenden. Auf dem Heimweg hielten wir kurz für ein Soft-Eis an, bevor wir zu dem Parkplatz kamen, wo Mums Wagen abgestellt war. Louise bat ihren Vater, er möge doch bitte das Lied singen, das er für sie geschrieben hatte. Mit einer etwas dümmlichen Stimme fing er an zu singen: »Es ist, als ob jede kleine Brise flüsterte: Louise. Die Knaben auf den Bäumen von Louise träumen.« Sie fuhr sich mit der Zunge über die Lippen und blickte versonnen in die Ferne. Ich bat ihn, er möge auch auf mich etwas dichten. Mum meinte, sie könne sich nicht vorstellen, wie man einen Reim auf Adele finden könne. Doch Robert fing an: »In der Wüste gibt's Kamele . . .« Und Mum fiel ein: »Juchheißa, jucho, Juchheißa, jucho . . .« Louise und ich saßen in einiger Entfernung und hörten zu.

Louises Mutter war 1967 an Lungenkrebs gestorben. »Sie hat geraucht wie ein Schlot«, sagte Robert. Er diskutierte mit meiner Mutter, die er inzwischen geheiratet hatte, darüber, ob er am Begräbnis teilnehmen solle. Sie war dagegen. Er meinte schließlich, er habe sich entschlossen, nicht zur Beerdigung zu gehen. Er wolle eine Bergtour auf den Barnaby Mountain machen. Er hatte nie Bergtouren gemacht. Er kehrte ziemlich spät zurück, fiel sturzbetrunken aus einem Taxi. Mum sagte nichts. Sie hatte sich damit abgefunden, seine Ausfälle schweigend zu übergehen. Statt dessen sprach sie über die arme Louise, die ihre rachsüchtige Mutter einem liebenden Vater vorgezogen hatte und die diese Mutter, rachsüchtig hin oder her, nun verloren hatte. Eine Tante wurde zum Vormund bestellt.

Dann kam ein Telefonanruf. Es lief darauf hinaus, daß Louise bei ihrem Vater leben wollte.

Man war übereingekommen, daß Louise am Wochenende vor den Osterferien zu uns ziehen sollte. Mum und Robert hofften, diese zehn Tage würden ihr genug Zeit zum Trauern lassen, Zeit genug auch, um sich an uns zu gewöhnen, bevor sie in eine neue Schulklasse kam — in meine.

Bevor Robert Louise zu uns holte, in der Nacht zum Karfreitag, träumte ich, daß Mum durch einen Unfall umgekommen sei. Sie war in einen Vulkan gefallen. Selbstsicher war sie an einem Kraterrand entlangspaziert. Sie trug Lockenwickler unter einem Chiffontuch. Plötzlich war sie verstummt. Sie war einfach verschwunden. Ich kletterte den Vulkankegel hinauf und starrte auf den phantastischen Lavasee hinunter. Als ich sie, im Traum, nach ein paar Tagen noch immer nicht entdeckt hatte, schoß es mir in den Sinn *Now there's nobody to love me.* Ich wachte mit einem undefinierbaren Schmerz auf. Ich hätte am liebsten geschrien. Ich hätte mir gewünscht, daß sie Graham-Waffeln gebracht hätte und Milch und sich zu mir gesetzt hätte. Doch ich blieb in meinem Bett, meine Augen sogen sich in der Dunkelheit der Nacht fest. Ich starrte in mein Zimmer, das halb leergeräumt war und das ich würde teilen müssen.

Es regnete in Strömen, als sie ankamen. Ich spähte durch die Gardinen und musterte sie genau, als sie aus dem Auto stieg. Sie machte überhaupt nicht den Eindruck eines bedauernswerten Kindes. Sie plapperte munter unter einem bunten Regenschirm, als ob Weihnachten bevorstünde. Robert gluckste vor dem offenen Kofferraum. Er brachte ein Set von Gepäckstücken zum Haus herüber, dessen Teile aufeinander abgestimmt waren. Ich bemerkte, daß Louise und ich nicht mehr gleich groß waren. Ich war jetzt größer als sie, ein Riese in der siebten Klasse, sie hingegen war zierlich, wirkte zerbrechlich in ihrem Hemdblusenkleid mit Paisley-Muster. Sie durfte sogar Netzstrümpfe tragen.

Die Jungen würden sie ohne Frage mögen. Vermutlich auch Mike Beckett, den ich für seine Rechtschreibung bewunderte, kurze Zeit als Liebesgott verehrt hatte, und der mir im vergangenen Februar einen in einen Schneeball gefaßten Stein nachgeworfen hatte. Mum tröstete mich mit einem Eis und meinte, M. B. müsse viel von mir halten. Ihrer Erfahrung nach waren Jungen vor allem zu jenen Mädchen grausam, die sie mochten.

Louise erschien an der vorderen Eingangstür. Kaum hatten sich unsere Blicke getroffen, war ich eingeschüchtert, und ich verachtete sie dafür ein bißchen. Sie entlockte mir ein »Hallo«. Ohne die Schuhe abzuputzen, betrat sie das Haus.

Während dieser ersten Woche machten wir alles gemeinsam, wie ein Team, vor allem tafelten wir ausgiebig beim Abendessen. Wenn Mum das Wort an sie richtete, stellte Louise sich taub, blickte nicht einmal in ihre Richtung, aber ich nahm es ihr nicht übel. Sie muß bemerkt haben, daß ich nicht besonders hinter ihrem witzigen Vater her war, der Louise und mich Klingonen getauft hatte, nach den häßlichen Wesen von einem kriegerischen Planeten aus *Raumschiff Enterprise.*

Eines Abends waren wir in Chinatown. Louise berührte Robert an einem Finger, und er rülpste, und ihr Gesicht und sein Gesicht strahlten plötzlich auf, und ich dachte *Die Außerirdischen kommen.* Wir waren ein Stückchen weitergegangen. Robert erklärte gerade, wie es zu einer Fata Morgana kommt, als Louise ihn unterbrach und zu mir sagte: »Weißt du eigentlich, daß du gerade die richtige Größe für ein Mannequin hast?« Ich mochte sie plötzlich ein bißchen.

Später in unseren Betten in meinem übervölkerten Zimmer sprachen wir offen darüber, wie es damals war, als wir noch klein waren. Louise erzählte, daß ihr Vater und ihre Mutter vor dem Schlafengehen niederknieten und beteten und daß sie sich niemals gestritten hatten. Ich gab zum besten, daß mein leiblicher Vater an der Prostata operiert worden sei.

Louise stützte sich auf einen Ellbogen auf: »Kannst du dich noch an White Rock erinnern?«

»Klar.«

»Und an den Zug?«

Ich nickte.

»Weißt du noch, wie mein Vater dich gerettet hat?«

»Sicher.«

»Ich hatte fast das Gefühl, er hätte dich lieber als mich.«

»Tatsächlich?« sagte ich. »Du liegst völlig daneben. Robert hat mich gefaßt, und Mum hat dich gerettet, weil sie damals wahnsinnig ineinander verknallt waren. Keiner von beiden wollte, daß der andere ein Leben lang trauern müsse, weil eins der Kinder umgekommen sei.« Ich stützte mich ebenfalls auf einen Ellbogen auf. »Willst du wissen, wie er sich aufgeführt hat, als er erfuhr, daß du hier leben willst?«

»Klar.«

»Er hat geweint.«

»Tatsächlich?« fragte sie nachdenklich. »War er traurig?«

»Im Gegenteil. Er war glücklich. Ehrlich wahr.«

Louise legte sich wieder auf den Rücken. Falls sie sich an irgend etwas anderes erinnerte, behielt sie es für sich.

Die folgende Nacht veranstaltete ich Louise zu Ehren eine

Pyjama-Party. Ich lud meine fünf engsten Freundinnen ein, die Mädchen, die ich in diesem Monat besonders gern mochte. Penny hatte keine Lust, über Nacht bei uns zu bleiben; sie hatte Angst davor, womöglich die Wörter *Mutter* oder *Tod* auszusprechen. Sie glaubte, sie würde einen hysterischen Anfall bekommen. Sie neigte dazu. Doch ihre Eltern hatten für diesen Abend eine Verabredung und zwangen Penny, zu uns zu kommen.

Wir tanzten Polonaise zu Louises 45er-Platten. Sie behielt den Plattenspieler im Auge und sah zu, daß die Nadel ihre Platten nicht zerkratzte. Sie prüfte mürrisch die Platte *Seventeen,* ging dann hinauf und sah fern. Robert legte den Arm um sie. Mum brachte sie ins Musikzimmer zurück, sah mich streng an und verschwand wieder. Niemand mochte Louise. Während sie sich die Zähne putzte, nahm ich Judith und Lynn beiseite und verdonnerte sie dazu, sich mit ihr anzufreunden. Sie kam aus dem Badezimmer zurück, und wunderbarerweise machten alle den Eindruck, als hätten sie sich immer schon blendend mit ihr verstanden. Sie rollten die Schlafsäcke aus und legten sie sternförmig auf den Boden, die Köpfe der drei trafen sich in der Mitte. Und Louise hielt hof. Louise säuselte in einem etwas aufgesetzt wirkenden Flüsterton vor sich hin, während Penny, Gail, Caroline und ich Karten spielten.

Louise ging wieder nach oben. Sie kam nach einigen Sekunden zurück. Dann vernahm ich einen Schreckensschrei; unsere Gruppe drehte sich um, wollte sehen, was los war. Judith starrte auf etwas, das Louise in der Hand hielt, und Lynn schloß die Augen. »Was gibt's denn?« fragte ich. Ich erhob die Stimme: »Was ist denn los?«

Louise bedeckte den Gegenstand wie jemand, der einen

gefangenen Käfer mit der Hand zudeckt. »Du willst das sicher nicht sehen.«

»Zeig's mir!«

Sie machte ihr Eichhörnchengesicht, zögerte einen Augenblick und gab mir ein kleines Schwarzweißfoto. Die Dame darauf war oberhalb der Hüfte nackt. Sie stützte ihre Brüste und bot sie dem Betrachter dar. Ihre Brustwarzen waren hart wie Tintenradiergummi. Die Person auf dem Bild schien auf einem ähnlichen Stuhl im Queen-Anne-Stil zu hocken wie dem, den wir im Wohnzimmer hatten. Sie lächelte mich an, aber ihre Augen schienen gleichzeitig tiefe Scham auszudrücken. Es war Mum, vor Jahren, als sie noch jung war. Ich schloß die Augen. Mir war, als hörte ich Louise sagen: »Meine Mutter ist gar nicht an Lungenkrebs gestorben.«

Niemand sagte etwas. Caroline wurde schneeweiß. Penny bekam keinen Anfall, obwohl ich ihr einen gewünscht hätte. Es war, als ob aller Sauerstoff im Raum verbraucht gewesen wäre. Meine Lunge suchte jedenfalls vergeblich danach. »Ich finde, wir sollten jetzt schlafen«, sagte ich. »Ich mache jetzt das Licht aus, und es wird jetzt auch nicht mehr gequatscht!«

Für den Rest der Nacht herrschte Ruhe im Raum. Außer wenn ein Mädchen mal ins Kopfkissen schniefte oder Robert die Nase in den Raum steckte und meinte: »Na, endlich alles still?« Am folgenden Morgen verspürte keine von uns Hunger — weder Louise noch meine Freundinnen, Ex-Freundinnen, noch ich. Robert fuhr eine schweigende Gruppe nach Hause, Mum die andere. Niemand fragte irgend etwas. Mum war überzeugt davon, daß sich alles wieder geben würde.

Ich sagte kein Wort zu Louise, sie redete nicht mit mir. Wir gingen zusammen zur Schule, mal lief die eine knapp vor der anderen, mal umgekehrt. Mrs. Rude stellte sie der Klasse vor: »Das ist Louise Kiely, die Stiefschwester von Adele Nordstrom.« Sie schlug vor, daß ich Louise die Schule etwas näher zeigen sollte.

Ich zeigte ihr die neue zweisprachige Bibliothek, führte sie zum Krankenzimmer, wo sich die Schwester fast schwarz rauchte, wenn sie nicht gerade krankgeschrieben war, führte sie zur alten Turnhalle. Ich ging vor und öffnete die Türen und ließ sie mit Schwung zufallen. Louise trug Hush Puppies und folgte mir auf meinen Pfennigabsätzen in den Umkleideraum für Mädchen. Der Linoleumboden dort war glitschig, der Gestank atemberaubend, die Spiegel blind. Als sie mir den Rücken zuwandte, schob ich sie mit einer Wut, die ich selbst an mir noch nie erlebt hatte, in ein dampfendes Duschabteil.

Louise drückte sich gegen die Kacheln. Meine Hand lag auf dem Wasserhahn. Meine Absicht war, sie in die Wirklichkeit zurückzuholen, ihr klarzumachen, daß ihre Mutter nicht gerade eine Heilige war, daß sie meine Mum in Ruhe lassen sollte, und ich wollte sie vor allem über ihren Vater aufklären — über seine schmutzigen Witze, die mir auf die Nerven gingen, über sein Gebrüll, über das Loch, das er in die Tür getreten hatte. Aber ich sagte kein Wort.

Sie wirkte so kläglich. Sie starrte auf meine Hand am Heißwasserhahn und begann zu weinen. Sie rutschte auf den Knien zum Abfluß, wo etwas weißer Seifenschaum stand, und schien buchstäblich einzulaufen. Sie schien ganz und gar allein auf dieser Welt zu sein.

Ich sank ebenfalls auf den Boden. Ich setzte mich neben sie, berührte sie aber nicht. »Das mit deiner Mutter tut mir leid.«

Wir beide schluchzten in uns hinein. Das Pausensignal

summte. Draußen spielten ahnungslose Engel Himmel und Hölle und schwänzten den Unterricht. Wir blieben noch eine kleine Weile in der dunklen Duschkabine und begaben uns dann wie diese Synchron-Zwillinge aus den Werbefilmen für Hygieneprodukte, die im selben Augenblick immer dieselbe Bewegung machen, zu den Waschbecken, spritzten uns Wasser ins Gesicht und trockneten uns mit rauhen Papierhandtüchern ab. Dann setzten wir uns auf eine Umkleidebank und warteten. Als die Pause vorüber war, gingen wir in die Klasse zurück. Wir hatten beide feuchte Flecken auf unserer Kleidung.

Kurz danach verließ sie uns. Sie überließ mir das Foto. Ich habe es heute noch.

Ich habe Louise lange Zeit nicht gesehen. Eines Abends im Frühjahr 1973 kam ich von meinem Job als Serviererin nach Hause, parkte meinen Wagen hinter einem mir nicht vertrauten Auto in der Auffahrt und hörte, wie Robert feierlich dozierte. Ich arbeitete mich zur Veranda vor, und dann sah ich die Gesichter der beiden. Und dann fiel mein Blick auf Mums Gartenzwerg neben dem Rosenbusch, den sie immer unseren »Wachzwerg« nannte.

»Fremdling, sei gegrüßt«, sagte Louise. Sie lümmelte mit angewinkelten Ellenbogen neben ihrem Vater am Tisch.

»Na, komm zu deiner Mum, Herzblatt!« Mum winkte mir zu und klopfte auf die Bank. Ich setzte mich rittlings neben sie.

Robert schenkte Wein in ein Glas und sagte: »Louise ist eben bei uns gelandet. Sie bringt uns etwas Abwechslung.«

»Ich habe euch alle vermißt«, sagte Louise. »Ich habe Dad vermißt. Hab fast vergessen, wie es ist, wenn man eine Schwester hat. Eine Mutter.« Sie sah meine Mutter an und versuchte, mit Blicken Bedauern auszudrücken. Ich hatte das Gefühl, daß der große Augenblick zwischen ihnen gekommen war. Dann biß Mum in einen besonders knackigen Kartoffelchip. »Entschuldigung«, sagte sie nervös. »Das war ein lauter Chip.«

Louise setzte schnell ein Lächeln auf und redete weiter. Sie hatte im vergangenen Sommer geheiratet, aber Felix ließ sie drei Tage später allein in einem Landhaus auf einer Ferieninsel sitzen. Die Ehe wurde für ungültig erklärt. Sie war schwanger gewesen und hatte eine Fehlgeburt. Es gab Komplikationen, ihre Eileiter wurden unterbrochen. Ihre Tante verstieß sie. Louise berichtete von dieser Kette von Katastrophen ohne einen Hauch von Selbstmitleid. Sie redete völlig ausdruckslos, als sei all das jemandem anderen zugestoßen.

»Für das, was sie durchgemacht hat«, Robert legte seine Hand auf die Louises, »sieht meine Tochter verdammt gut aus.«

»Du bist wie ich oder wie dein Vater«, sagte Mum zu ihr. »Ja, ja, die Nackenschläge in der harten Schule des Lebens.«

»Die Vorschule«, sagte Louise. »Nun ja, was hinter mir liegt, ist wie Wasser, das den Fluß hinuntergeronnen ist.« Sie hielt kurz inne. »Vielleicht werde ich eines Tages ein Kind adoptieren.« Sie stand auf, nahm eine Papierserviette vom Grillständer und preßte sie sich vors Gesicht. Robert ging zu ihr und umarmte sie. Mum begann damit, Gläser abzuräumen, und stupste mich an. Doch ich rührte mich nicht vom Fleck und musterte Louise genau. Sie hatte eine ausgestellte Hose an und eine Bauernbluse, dazu trug sie Schuhe mit Plateausohlen. Barfuß waren wir wieder etwa gleich groß, so gerade richtig; sie war immer noch ziemlich dünn, hatte eine

Wespentaille. Ihre Ponyfransen und ihre grellackierten Nägel waren etwas zu lang. Es war kaum zu glauben, daß wir beide neunzehn waren, sie drei Monate jünger.

Über die Schulter von Robert hinweg fragte Louise: »Na, Adele, verdrehst du den Burschen tüchtig den Kopf?« Sie ließen einander los, und Robert blies die Kerzen aus.

»Ein bißchen«, sagte ich.

»Wenn ein Kerl nur winkt«, teilte Robert Louise und den Nachbarn mit, »läuft sie wie der Blitz. Aber in die Gegenrichtung.«

»Sie tippt wie der Blitz.« Mum war mit einem feuchten Tuch zurückgekommen und wischte den Tisch ab. »Sie hat sogar einen Preis gewonnen. Adele, wie hieß er doch gleich?«

»Ganz einfach Preis für Maschineschreiben.«

»Glückwunsch«, sagte Louise. Sie klang aufrichtig. »Hör zu«, sagte sie, »ich gebe morgen abend bei mir eine kleine Fete. Hast du nicht Lust zu kommen?« Sie habe einige besonders nette Leute eingeladen.

»Das klingt ganz gut«, sagte Robert. »Mag sein, daß ich auch auftauche.«

»Wir haben eine Verabredung in der Kirchengemeinde«, erinnerte ihn Mum. »Aber das ist ja morgens, nicht wahr.«

»Leider muß ich arbeiten«, sagte ich.

Robert schien verletzt. Mum bemerkte das sofort.

»Geh nach deiner Schicht hin, Adele!« sagte sie.

»Das wird dir gut tun. Laß uns große Kinder einmal für einen Abend allein!«

Mum und Robert begleiteten Louise zu ihrem Wagen. Ich rangierte mein Auto aus dem Weg. »Komm bitte!« forderte sie mich auf. »Ich würde dich gern ein bißchen näher kennenlernen.« Sie hupte. Und ich sah ihr nach, wie sie die Straße hinunterfuhr. In meinem Rückspiegel sahen ihre Rücklichter wie Marienkäfer aus, die auf ihrem Wagen saßen.

Am nächsten Abend ging ich nach meiner Arbeit, gegen elf, zu Louises Wohnung. Alles war totenstill. Eine Hängelampe brannte im geöffneten Doppelfenster. Jemand saß auf der untersten Stufe der Betonveranda. »Ach, du bist es«, sagte Louise. Sie hatte ein Trikotoberteil an und trug dazu einen langen Rock, der aus Großmutter-Gardinen genäht war. »Zieh dir einen Stuhl ran!«

Ich setzte mich neben sie. »Wo sind sie denn alle?«

»Gegangen.« Sie schien nicht sonderlich niedergeschlagen, eher gedankenverloren, auf eine komplizierte Weise deprimiert. Sie zog aus einem Beutel einen Joint und zündete ihn an. »Magst du auch?«

»Ich habe noch nie gekifft.«

»Der schadet dir nicht. Es entspannt.« Sie inhalierte, hielt den Atem an, atmete aus, reichte ihn mir mit einer vornehmen Geste weiter. »Hier, nimm!«

Ich paffte pflichtbewußt. Nicht allzu weit entfernt schufteten Schauerleute während der Nachtschicht. Das Geklirr von Güterwaggons war von den Docks her zu hören, sie leerten ihre kanadischen Eingeweide in Schiffe, die für Asien bestimmt waren. Louise redete schließlich. »War es eigentlich angenehm, mit zwei Elternteilen aufzuwachsen?« fragte sie.

»Nicht wirklich«, sagte ich.

»Warum?«

»Ich mußte ganz schön kämpfen.«

»Immer noch?«

»Nein.« Ich behielt für mich, daß Menschen erst einmal miteinander sprechen müssen, bevor sie tatsächlich miteinander kämpfen können.

Wir hatten zu rauchen aufgehört. »Auf Latein bedeutet der Name meines Ex-Mannes, Felix, glücklich.« Sie verschränkte die Arme, schlüpfte aus ihren Schuhen, hastete zu einem Strauch beim Kellerfenster hinüber und drehte einen Wasserhahn an. Ein Rasensprenger zischte und begann sich zu drehen. Wasser perlte im Licht der Straßenbeleuchtung. »Komm mit!« sagte sie. Aus irgendeinem Grund, der mir damals selbst nicht ganz klar war, streifte ich meine Holzschuhe ab und folgte ihr über das kühle, kurzgeschnittene Gras. Sie wandelte langsam durch den Wasserbogen, und ich tat es ihr nach, sie machte kehrt und ging durch das Wasser, und ich folgte ihr. Wir machten das eine ganze Weile, bis wir spürten, daß wir völlig durchgeweicht waren und uns kalt war.

Eines Samstagmorgens rief Louise mich an und schlug mir vor, auf der Stelle mit ihr einen Skiausflug nach Whistler Mountain zu machen. Wir waren inzwischen, wenn schon nicht enge Freundinnen, so doch gute Kumpels geworden. An Wochenenden gingen wir häufig zum Tanzen in Kneipen, wo sie für uns beide Männer aufriß. (Der Gipfel meiner Ausschweifungen bestand aus einem Kuß oder einem Schluck aus einem gemeinsamen Glas. Ich war noch Jungfrau und so gar nicht davon überzeugt, daß ich Wände zum Schwanken oder Männer zum Erbeben bringen könnte oder gar so laut und temperamentvoll zum Orgasmus kommen würde, wie sie es zu können vorgab.) Manchmal kam sie zu Mum zum Abendessen herüber. Alle — Ray, Joyce und Irene — mochten sie, was Robert unendlich freute. An manchen Abenden nahm ich mich mit aller Kraft zusammen und sah das Fernsehprogramm bis zum Ende an, Mum kämpfte auf dem Sofa mit dem Schlaf – während Vater und Tochter im Nebenzimmer endlos miteinander flüsterten. Robert ging manchmal zu Louises Apartment hinüber, um kleine Dinge zu erledigen, zum Beispiel ein Bild richtig aufzuhängen. Ich hatte das Gefühl, daß etwas, was lange Zeit nicht gestimmt hatte, endlich in Ordnung gekommen war.

An dem bewußten Tag war Louise schlecht gelaunt. Verkatert, vermutete ich. Jedenfalls raste sie die ganze lange Strecke bis nach Whistler und sagte kaum ein Wort. Vor dem Sessellift standen keine Schlangen. Wir ließen uns in die Sitze fallen, hoben die Skispitzen, und unsere Beine baumelten über den Baumwipfeln. Wir hatten mindestens zwanzig Grad minus.

Ich war früher nie Ski gefahren; sie hatte Skiunterricht gehabt. Ich fuhr ihr ein paar Mal den Anfängerhügel hinterher, machte ihr alles nach, fiel mehrmals hin, dann legten wir eine Mittagspause ein. Meine Skischuhe drückten mich, meine Nase und meine Knie brannten, aber sie drängte mich, eine schwierigere Abfahrt zu versuchen.

Wir nahmen den Skilift zum Gipfel. Louises Gesicht strahlte kurz auf, und sie fragte mich: »Was hältst du eigentlich von Doris?«

»Welche Doris?«

»Na, die Doris vom Chor, in dem auch Dad und Mum singen.«

»Du meinst Doris, deren Mann abgekratzt ist?« Louise nickte. »Eigentlich gar nichts. Wieso?«

»Sitzt du auch gut?« fragte sie. »Sie ist in Dad verliebt.« Louise ließ ihren Kopf nach hinten hängen und verfolgte das Seil, das uns nach oben trug. »Sie möchte, daß er zu ihr zieht.«

Ich schwieg. Für einen Augenblick stellte ich mir ein Leben ohne Robert vor. Dann fiel mir ein: »Weiß Mum davon?«

»Er will es ihr heute sagen«, sagte Louise. Sie sah bewegt aus. »Das ist der Grund, warum er wollte, daß du rausfährst.

Wir waren an der Gipfelstation angekommen. Als ich abfahren wollte, verspießten sich meine Ski, und ich fiel hin. Als ich aufgestanden war, konnte ich mich nicht aufrecht halten. Es war, als seien Stromstöße in meinen Körper gefahren, meine Beinmuskeln zuckten und schmerzten. Der Schmerz wanderte in die Arme und Hände, ich konnte die Skistöcke nicht halten. Meine Zähne schlugen aneinander. Ich bekam Angst, Louise auch. »Steigen wir zu Fuß ab!« sagte sie.

Sie hielten für uns den Lift an. Wir fuhren hinunter, gefolgt von einer Parade leerer Angsthasensessel. Die Skifahrer, die mit dem Lift heraufkamen, betrachteten uns spöttisch. Als wir unten angekommen waren, mußte ich mich auf Louise stützen, dann konnte ich wieder allein stehen und leidlich gehen. »Fahren wir nach Hause!« sagte ich.

Wir kamen bei Mum und Robert knapp nach der Abendessenszeit an. Beide Autos standen in der Auffahrt. Niemand saß für einen Drink auf der Veranda. Die Vorhänge waren zugezogen, das Haus war abgesperrt. Ich holte meine Schlüssel heraus. Auf dem Küchentisch standen noch die Frühstücksreste herum: eine Müslischachtel, Eierschalen, kalt gewordene Buttertoasts, die Teekanne ohne Deckel.

»Mum?« rief ich.

»Dad«, sagte Louise.

Ich ging die Treppe hinauf. Louise kam dicht hinter mir her. Ihre Schlafzimmertüre war geschlossen. Ich klopfte. Keine Antwort.

Louise trommelte so fest mit ihrer Faust auf die Tür, daß sie fast durch die Füllung gestoßen wäre. »Roberto?«

Ich öffnete die Tür, und wir gingen ins Zimmer. Sie lagen nebeneinander auf dem Bett. Für eine Sekunde glaubte ich, sie wären tot. Sie waren völlig still, schliefen aber nicht, sie starrten zur Decke. Sie waren bekleidet. Mum trug eine schwarze Bluse, die Robert ihr zu irgendeinem Geburtstag geschenkt hatte. Roberts Oberkörper war nackt, er hatte eine Freizeithose an. Mum lag unter einer Wolldecke. Sie bewegte die Augen zu Louise und zu mir, als hätte sie nicht die Kraft, ihren Kopf zu drehen. Sie wirkte unheimlich schwach. Robert sah ebenfalls ziemlich erledigt aus. Er konnte Louise nicht richtig in die Augen sehen und hatte gar nicht zur Kenntnis genommen, daß auch ich das Zimmer betreten hatte. Es war mir klar, daß Robert Gefahr lief, sich in Dampf aufzulösen, falls unsere Blicke sich träfen. Louise setzte sich zu ihrem Vater auf die Bettkante. Ich setzte mich auf die Seite von Mum und küßte sie auf die Wange. Ihre Wange war kalt. Ich nahm ihre Hand zwischen meine Hände. Ihre Hand war kalt.

»Ich vermute, ihr wißt, was los ist«, sagte Robert.

»Die ganze Welt weiß es«, sagte Mum.

»Ach Liebling, nicht die ganze Welt«, sagte er.

Wir alle schwiegen.

Schließlich sagte Louise: »Ich werde was zum Abendessen machen.« Sie erhob sich. »Dad, bitte komm mit, komm bitte mit!«

Robert folgte ihr nach unten. Ich ging auf die andere Seite des Bettes und setzte mich auf den Platz von Robert, schüttelte ein Kissen auf und hockte mich mit angezogenen Knien hin. Der Platz war noch warm von seinem Körper. Mir war, als säße ich auf ihm drauf. Ich legte meine Hand auf Mums Schulter. »Das Scheusal will abhauen?« fragte ich.

Sie schüttelte den Kopf. »Er sagt, er weiß selbst nicht, was in ihn gefahren ist.« Sie sagte ruhig einen Satz nach dem anderen. »Wir sind nun seit bald acht Jahren verheiratet. Das will er nicht einfach kaputtmachen. Vor allem will er euch Kinder nicht verletzen. Nenn ihn nicht Scheusal!«

»Aber er ist eins!«

Sie langte nach einem Glas mit Preiselbeersaft und trank einen Schluck. Sie stellte das Glas wieder hin. »Ich konnte nicht an die Chorprobe von heute abend denken. Ich wette, sie ist dort. Ich kann sie nicht begreifen. Wir kamen immer gut aus mit ihr und Nat. Er war Tenor. Ich kann einfach nicht begreifen, warum sie so etwas tut.«

»Robert sollte jedenfalls einen tüchtigen Psychiater aufsuchen.«

»Ich weiß«, sagte sie. »Wahrscheinlich sollte ich das auch. Einen berühmten natürlich.«

Louise und Robert murmelten in der Küche und machten Krach.

»Du weißt, daß ich dich gern mag, Mum.«

Sie tätschelte mein Bein. »Herzblatt.«

Louise und ich gingen fort, nachdem wir Rührei gemacht hatten, ihr zweites bitteres Frühstück. Ich wollte sie nicht allein lassen — für mich waren sie zu ruhig, als daß ich beruhigt hätte sein können —, aber Louise ließ nicht locker. Sie hatte herausgefunden, wo Doris wohnte, und wollte ihr ihre Aufwartung machen. Wir parkten etwas oberhalb in der Straße und läuteten an der Tür der Souterrainwohnung. Als niemand antwortete, hob ich die Fußmatte hoch, Louise filzte die üppige Fuchsie im Hängekorb und wurde fündig.

Sie sperrte die Tür auf, und wir tanzten hinein wie Gäste des Hauses.

Alles wirkte peinlich sauber und aufgeräumt. Pfefferminzbonbons in einem Becher, Sinnsprüche auf Untersetzern, ein Kalender mit vielen Eintragungen, der von einer geschäftigen Zukunft kündete: Arzt, Masseur, Rezepte für Aufläufe, Chorproben.

Ich landete im Schlafzimmer. Ich verspürte noch einen Hauch von ihrem Eau de toilette, *Je Reviens,* meine Mutter benutzte das gleiche. Auf dem Frisiertisch standen ein Foto der mageren fünfzigjährigen Doris, ein Porträt ihres verstorbenen Mannes und eine Aufnahme von vier blassen Erwachsenen mit eindrucksvollen Ohren. Angelehnt waren einige Schnappschüsse von roten Neugeborenen. Es gab auch ein Bild vom Chor der United Church, aufgenommen während eines der Gottesdienste beim vergangenen Osterfest in der Apsis. Ich hatte einen Abzug zu Hause gesehen. Ich nahm das Foto in die Hand und sah sie dort alle im Angesicht Gottes, in ihren weißen Talaren, ihre Münder verletzbar weit offen. Sie alle wirkten verklärt und strahlend vor Glauben: Doris, Mum, Robert. Er hatte Louise erzählt, daß er jeden Sonntag bete, Gott möge ihn vor Mum zu sich nehmen, auf daß er nicht ohne sie auf dieser Welt zurückbleibe. Louise hatte ihm das geglaubt. Wir alle brauchen etwas, woran wir glauben können — auch daran, daß die Witwe schuld war. Dann hörte ich, wie Louise dabei war, ruhig die Küche von Doris zu zerlegen. Ich legte alle Fotos umgedreht auf den Bettvorleger. Ich öffnete eine Schublade, die voll war mit aufreizenden Nachthemden. Ich zog die Schublade heraus, drehte sie um und leerte sie aus. Danach eine weitere. Louise und ich arbeiteten eifrig. Wir machten nichts kaputt. Wir leerten aus. Wir nahmen Sachen auseinander. Wir arbeiteten wie ein Team. Wir waren ein Herz und eine Seele. Als wir eine halbe Stunde später das Apartment von Doris verließen, nahmen wir nichts mit. Aber ihre Wohnung war restlos auf den Kopf gestellt.

Am nächsten Tag fuhren wir ans Meer. Es war herrlicher Sonnenschein. Natürlich fanden wir keinen Parkplatz in Jericho, Locarno oder an der Spanish Bank. Wir fuhren weiter, bis wir zu den Kliffs von Point Grey kamen, unterhalb der Universität, bei Wreck Beach. Es war ein Nacktbadestrand. »Einverstanden?« fragte Louise.

Ich zog mich aus.

Wir breiteten unsere Badetücher in der Nähe eines Baumstamms aus. Louise schloß sofort Bekanntschaft mit einem Bild von einem Mann aus Dänemark. Sein Englisch war ausgezeichnet, überhaupt schien alles bestens. Sie sagte: »Das ist meine Zwillingsschwester. Wir hätten beinahe Doppelselbstmord begangen, als wir noch kleine Kinder waren.« Er konnte keine Familienähnlichkeit zwischen uns entdecken.

Der Kerl erklärte, er habe einige Ahnung von nordischen Geheimkulten. Er beschrieb Louises Aura mit dem üblichen Schnickschnack. Als sie es genauer wissen wollte, sah er zu mir herüber und meinte, ich hätte überhaupt keine Aura, wahrscheinlich wäre ich eine junge Seele und hätte zuvor noch nie gelebt. »Mach dir nichts draus«, sagte er. »Schließlich lebst du jetzt.«

Ich fühlte mich am Nudistenstrand nicht sonderlich behaglich. Wenn ich meine Augen offen hielt, sah ich zu viel und mußte doch immer wieder hinsehen. Etliche Leute wirkten nackt ziemlich häßlich. Wenn ich meine Augen zumachte, konnten sie mich näher in Augenschein nehmen.

Louise forderte Knut schließlich auf, abzuhauen. Wir setzten uns beide auf und sahen zu, wie die Weißbacke sich trollte. Sie fragte: »Alles in Ordnung mit dir?«

»Weiß nicht«, sagte ich. Ich weinte.

»Zeig mir deine Hand!« sagte sie.

Meine Hand zitterte. Ich glaubte schon, sie wolle mir aus der Hand lesen — mir eine Sexaffäre mit Prinz Charles voraussagen und Fünflinge königlichen Geblüts. Doch sie legte einfach meine Hand in ihre Hand. Wir saßen eine Weile Hand in Hand nur so da. Dann stand sie auf. Ich erhob mich ebenfalls. Dann gingen wir über den Sand ins warme Wasser und tauchten unter. Einen Augenblick lang schien es, als wären wir nie geboren worden.

Herzklopfen

Ich hatte Bill kennengelernt, als ich mit Forschungen für meine Diplomarbeit in Völkerkunde an der Columbia University beschäftigt war. Er studierte Astronomie. Ich liebte ihn für seine Sehkraft, seine Fähigkeit, in die Ferne zu blicken. Ich war nicht sicher, was er in mir sah. Inzwischen lebten wir seit acht Monaten zusammen. Aber nur noch selten erlebten wir den Frieden und das Begehren wie in der Zeit, bevor wir uns die Miete teilten.

Eines Abends im April stritten wir über die Stunden, die er glotzend in einer Oben-ohne-Bar zugebracht hatte. Schließlich sammelte ich alles Obst in unserem Apartment zusammen. Ich nahm alle saftigen Früchte, von denen einige schon Druckstellen hatten: Äpfel, Bananen, eine Kiwi. Ich drohte, ich würde meine Prüfungstermine sausen lassen und einige Nächte im International House zubringen, bis ich eine Rückfahrgelegenheit nach Kanada gefunden hätte.

»Warum packst du, um Gottes willen, all das Obst zusammen, Adele?« Bill saß am Küchentisch, er hatte seine Füße auf einen Stuhl gelegt. Er hatte eine Trainingshose an und einen Rollkragenpullover und trug eine komische Kappe, Kleidungsstücke, die ihn an kalten Abenden warmhielten. Eine Biographie über Galilei lag geöffnet auf seinem Schoß. Bill machte einen verläßlichen Eindruck: ein Mann zum Pferdestehlen.

»Für den Fall, daß ich Hunger bekomme«, sagte ich. »Es ist ein weiter Weg bis in den Norden.«

»Das glaube ich dir nicht.«

»Das interessiert mich nicht.«

Die Wahrheit war, daß Bill und ich häufig gemeinsam ein Stück Obst aßen, wenn wir miteinander geschlafen hatten. Ich wollte einfach nicht, daß er es mit einer anderen genauso machte. Ich stellte mir vor, daß eine andere Frau auftauchte, kaum daß ich mich davongeschlichen hätte. Sie trieben es dann auf die tollste New Yorker Art miteinander, und anschließend fütterte er sie mit all den Köstlichkeiten, die wir so beziehungsvoll angeschleppt hatten. (Mochten Kirschen auch Mangelware sein, meine Vorstellung konnte sie problemlos beschaffen.) Oder die beiden aßen zusammen eine üppige Scheibe Wassermelone. Und sie würde die kleinen schwarzen Kerne lässig auf seinen Bauch spucken, nach seinem Nabel zielen und ihn verfehlen. Zerstreut würden sie sogar am weißen Rand der Melone knabbern. Er würde meine Abwesenheit nicht einmal merken.

»Damit wir klar sehen. Du willst also abhauen. Aber du nimmst nur die Äpfel mit?«

»So ist es«, sagte ich. »Ich will nicht, daß du sie jemand anderen anbietest.«

Bill blickte auf seinen Schoß, dann sah er mich an. Er wirkte müde. »Hab doch Vertrauen zu mir!« sagte er.

Ich machte die Tür vor seiner Nase zu und beabsichtigte, in die Nacht hinauszuwandern. Ich landete schließlich unten in der Gemeinschaftswaschküche. Niemand war dort; es war nach Mitternacht. Ich saß mit verschränkten Beinen auf einem Trockner und wartete auf seine beruhigenden Schlurfschritte auf dem Korridor. Aber ich hörte nur leises Gelächter aus einem anderen Apartment und wie jemand ein Streichholz anzündete.

Ich biß in die Äpfel und schnitt mit den Zähnen Gesichter in die Schale: Augen, Lippen aus roter Schale, völlig verrückte Fratzen. Ich beobachtete, wie das Fruchtfleisch, das diese eigenartigen Figuren umgab, sich allmählich braun verfärbte. Dann ging ich zurück.

Bill saß noch am Tisch. Das Buch war noch an derselben Stelle aufgeschlagen. »Komm, setz dich auf meinen Schoß!« sagte er. Und ich setzte mich auf seinen Schoß.

Wir versöhnten uns, gaben uns einmal mehr die immer gleichen Versprechen. Am nächsten Morgen waren wir gerade dabei, Brot für Sandwiches mit Speck, Salat und Tomaten zu toasten, als meine Mutter und mein Stiefvater per Auslandsferngespräch anriefen und uns einluden, einige Ferientage mit ihnen in Florida zu verbringen.

Sie waren davon überzeugt, dies sei das beste Geschenk, das sie mir zum Studienabschluß machen könnten — zwei Wochen mit den drei wichtigsten Personen meines Lebens, und das in einem Staat, in dem ich vorher noch nie gewesen war. Sie hatten noch andere Gründe: sie meinten, ich hätte nach dem College Ferien nötig, bevor der Ernst des Lebens beginne; und sie hatten mich seit Ewigkeiten nicht gesehen. Mit anderen Worten, sie hatten meinen Freund Bill noch nie gesehen. Außer auf Fotos, versteht sich.

Aus meinen verschwatzten Briefen konnten sie nicht erraten, daß Bill und ich einander die wildesten Eifersuchtsszenen lieferten. Sie wußten von unserer Wochenendspritztour nach Martha's Vineyard. Ich hatte ihnen davon berichtet, wie wir am Strand selbstgesammelte Muscheln abgekocht hatten, gleich gegenüber von Chappaquiddick, und daß wir auf Pensionistenpfaden geschlendert waren. Aber von unserem wirklichen Leben hatten sie keine Ahnung. Sie wußten nicht, wie verrückt ich vor Angst war, Bill könnte sich mit einer Geliebten in einer Absteige in der Nähe der Bibliothek treffen. Oder wie sehr es mich bedrückte, wenn er mit der überschwenglich verheirateten Sekretärin des Astronomischen Instituts Salsa tanzte, gleich zwei Musikstücke hintereinander.

Was sie nicht wußten, konnte sie nicht aufregen. Ich war mir sicher, daß Bill, was mich betraf, ähnlich dachte. Ich hoffte, der Aufenthalt in Florida würde uns helfen: die Sonne, der Schlaf und die Abgeschiedenheit vom Leben in New York.

Mum und Bill holten sich gleich am ersten Vormittag einen Sonnenbrand. Wie Verschwörer verglichen sie ihre Nasen, Schultern und Kniescheiben. Dann trotteten sie zurück in die Ferienwohnung, um sich kalte Teebeutel zu holen. »Das lindert den Brand, Bill«, sagte meine Mutter.

Robert und ich blieben am Strand und sonnten uns weiter. Schweigend. Ein Hauch von Kokosduft hing über uns wie ein Netz. Ich lauschte auf das Rauschen vom Golf von Mexiko. Aus der Ferne drang quengeliges Kindergeschrei zu mir. Ich streckte mich in Richtung Texas.

»Na, Adele.« Roberts Stimme schien aus dem Nirgendwo zu kommen, vom Golf her. »Bill hat also Astronomie studiert?«

»Stimmt.«

»Und was hat er dann vor?«

Ich überlegte, was ich antworten sollte. Schließlich sagte ich: »Er wird wohl in die Forschung gehen. Er hat seine Abschlußarbeit über Asteroiden in der Atmosphäre geschrieben.«

Für eine Weile sagte er nichts. Ich schaute zu ihm hinüber. Er starrte aufs Wasser hinaus. Und ich sah, als ich seinem Blick folgte, daß er ein kleines Fischerboot beobachtete.

»Er beschäftigt sich also mit dem Weltraum, nicht wahr?«

»Ja.«

Er nickte. Dann sah er mich an. »Du solltest dich umdrehen.«

Ich drehte mich auf den Bauch und spürte, wie ein kühler Wind über meinen Rücken und über meine Beine strich. Das Gespräch schien beendet zu sein. Robert hatte beschlossen, ins Wasser zu gehen. Er planschte mit seinen Füßen im seichten Wasser, als wollte er auch den letzten dösenden Seeteufel einschüchtern. Dann schwamm er mit kräftigen Kraulzügen zu einem imaginären Punkt, den er sich vorgenommen hatte.

Am späteren Nachmittag fuhren wir vier in einem Leihwagen zum J. N. »Ding« Darling National Wildlife Refuge. Der Wagen roch nach Sonnencreme und nach Roberts Rasierwasser. Für eine Rundfahrt mit Führung waren wir zu spät dran. Wir fuhren kilometerweit über schmutzige Straßen durch Mangrovenwälder und hielten hier und da an Aussichtsstellen an.

»Was suchen wir eigentlich?« fragte Mum. »Da fliegt ein Vogel«, sagte sie und deutete zum Himmel.

Robert war mit Feldstecher und Filmkamera ausgerüstet. Er las alle Erklärungstafeln. »Alligatoren.«

»Ich warte im Wagen auf euch«, sagte Mum und verschwand. Vom runtergekurbelten Fenster rief sie mir nach: »Paß auf den Weg auf, Adele!«

Wir streiften etwa eine halbe Stunde lang durch das Sumpfgelände. Jeder Alligator, den wir erspähten, entpuppte sich als ein Stück Treibholz. Immerhin machte Bill elf Geckos aus. Wir konnten einen Löffelreiher beobachten, der sich an einem Eibisch zu schaffen machte. Erschöpft und verschwitzt wanderte ich zum Wagen zurück.

»Das wird dich erfrischen.« Mum schaltete die Klimaanlage des Autos ein. »Glaubst du, daß Bill dieser Aufenthalt Spaß macht?«

»Er amüsiert sich blendend«, sagte ich.

»Und du?«

»Bestens. Ich mag Sanibel.«

Für mich war es tatsächlich eine schöne Zeit. Nach einem Abendessen (Hummer und zum Nachtisch Zitronenkuchen) bemerkten wir nahe beim Restaurant einige Kinder, die Rollschuh fuhren. Sie hatten alle Strohhüte auf und schwenkten Wunderkerzen. Ein Junge in Pfadfinderkluft gab Bill eine davon. Bill zündete sie an und buchstabierte meinen Namen in die Dunkelheit der Nacht. Ich sah zu, wie die Buchstaben verglommen. Der eine verschwand, bevor der andere ganz vollendet war.

Unser Schlafzimmer lag unmittelbar neben dem meiner Eltern, was uns natürlich störte. Wir bemühten uns, das Wohnzimmer nicht gleichzeitig zu verlassen, weil wir hofften, ein gestaffelter Aufbruch könnte unsere Begierde tarnen. Ich stand zuerst auf, dann Mum. Sie machte ein bißchen Theater und gähnte. Wir sagten beide Gute Nacht. Bill gammelte mit Robert noch ein bißchen herum. Sie sahen sich im Fernsehen die Höhepunkte eines Wasserballspiels an.

Ich wusch mich in unserem Badezimmer und begutachtete im Spiegel die weißen Streifen, die meine sonnengebräunte Haut unterbrachen. Dann begann ich auf dem frischüberzogenen Bett mit einem Kriminalroman. Ich hörte, wie im

Nebenzimmer der Sportreporter Strafpunkte kommentierte, und das höfliche Gemurmel von Robert und Bill. Ich konnte die Wellen hören, die vor dem Fenster rauschten. Am liebsten hätte ich einen Stein in die Dunkelheit geworfen und gelauscht, wie bedrohlich nahe er ins Wasser platschen würde.

Schließlich kam Bill. Er streifte seine abgeschnittenen Jeans ab und zog mich an seine Seite im Bett. »Alles in Ordnung?« flüsterte er. »Komm, wir spielen Scrabble!« Er knickte ein Eselsohr in meine Buchseite. »Laß uns Go spielen!«

Wir mußten beide lachen. Am Ende haben wir überhaupt nichts gespielt. Seine Haut war äußerst empfindlich. Ich rieb ihn mit Brandsalbe ein. Er nahm meine Zehen in die Hand und taufte einige auf Sternennamen: Sirius, den Hunde-Zeh, den Nova-Zeh und den Weißen Zwerg.

Am Tag vor unserer Abreise von der Insel überquerten wir den Damm bei Punta Rassa und fuhren nach Fort Myers. Robert bestand darauf, daß wir den Mietwagen austauschten, weil bei unserem die Reifen ganz abgefahren waren. Nachdem diese Geschichte geregelt war, machten wir eine Mittagspause und unterhielten uns darüber, was wir auf dem Festland unternehmen könnten. Ich wollte eine Fabrik für Badeanzüge besuchen; Bill die Riesenwasserrutschbahn. Robert entschied schließlich, daß wir das Winterquartier von Edison besichtigen würden.

Unsere Führerin hieß Naomi; sie stammte aus Land's End. Sie war nicht gerade eine Schönheit, sprach dafür ein Englisch mit einem entzückenden britischen Akzent. Sie benützte Wendungen wie »gezeichnet von den Mühen«,

»verflucht grauenhafte Nächte im Labor« oder »in der Tat ein bißchen verschroben«. Sie trug einen getupften Minirock und versicherte ihrer Besuchergruppe, daß sie Respekt für naturwissenschaftliche Forschung empfinde. Bill lächelte.

Meine Eltern schmissen sich gleich an sie heran, indem sie andauernd »von uns dreien« sprachen, »wir Kanadier«, sie meinten damit sich selbst und mich. Sie ließen durchblicken, daß wir zusammen im Commonwealth seien und eine gemeinsame Königin hätten. Naomi drückte ihnen die Hand, blickte aber Bill an und fragte, woher er denn komme.

»Aus New York«, sagte er. »New York City.«

Wir schlenderten durch den botanischen Garten von Edison. Wir wurden über Maulbeerbäume belehrt, deren Wurzeln vom Himmel zu kommen schienen, über riesige Bambusgewächse und Goldrutensträucher. Naomi zeigte uns den Spazierweg von Mrs. Edison. Die Platten waren von den Firmen Ford und Firestone gespendet worden. Wir konnten auch das Schwimmbad aus Portland-Zement sehen. Wir hörten auch davon, daß Edison die Angewohnheit hatte, auf den Boden zu spucken, daß er im Stehen einschlief. Für seinen Heiratsantrag bei seiner zweiten Braut benützte er das Morsealphabet.

Bill wich Naomi nicht von den Fersen und stellte allerlei Fragen. Sie erklärte Edisons Experimente, wie er zum Beispiel versuchte, die Leistung der Glühbirne zu verbessern, wie sehr er sich für Unterwasserforschung interessierte. Sie schienen Freude an der Geschichte zu haben.

In meiner Phantasie stellte ich mir vor, was für ein Paar Bill und Naomi wohl abgäben. Ich achtete überhaupt nicht mehr darauf, wohin meine Eltern gingen und was sie sich ansahen. Vor meinem geistigen Auge sah ich nur noch Bill und Naomi in Cornwall: ich stellte sie mir in einem strohgedeckten Landhaus vor, aus dessen Schornstein sich Rauch kräuselte. Naomi stand vor dem Herd und hatte nur ein winziges Schürzchen an, weiter nichts. Sie lagen zusammen unter einer Steppdecke, tranken Guiness-Bier und aßen Auflauf aus Hackfleisch und Kartoffelpüree.

Sicherlich wäre sie eine viel bessere Geliebte als ich. Allein schon die Tatsache, wie sie Vokale und Konsonanten artikulierte, sprach dafür. Allein nur, welche Wörter sie benutzte, wie sie den Mund bewegte! Nachts würde sie ihn mit den ausgefallensten Kosenamen bedenken, Namen, die er nie zuvor vernommen hätte. Sie würde sich vor ihm niederknien und beispielsweise »Du mein Ungeheuer« zu ihm sagen oder »Mein Meister William.«

Mum tippte mir auf die Schulter: »Mit dir ist alles in Ordnung?«

»Alles in Ordnung.«

»Warum gehst du denn nicht mit Bill? Du verpaßt sonst die Erklärungen.«

»Ich verpasse überhaupt nichts.«

Bill drehte sich um und gab mir ein Zeichen. Er winkte mich näher zu sich heran und zu Naomi und zu der Gruppe, die immer größer wurde. Ich schüttelte den Kopf und deutete auf meine Mutter. »Nein«, sagte ich tonlos.

Mittlerweile waren wir in Edisons Labor angelangt. Ich konnte mir die Kinder von Naomi und Bill nicht wirklich vorstellen, aber ich hatte Namen für sie gefunden: Clarissa und Cyril, und dann gab es da noch eine kleine Daphne. Selbst Robert, so schien es, war die Schwäche Bills für die Britin aufgefallen. Bill und Naomi bildeten immer die Spitze der Gruppe. Und immer wenn Naomi kurz anhielt, um irgendein Ausstellungsobjekt zu erklären, hing Bill an ihren Lippen. Ich starrte zu ihm und zwang ihn zu einem weiteren Blick nach hinten, wo ich mit meinen Eltern stand.

Ich entfernte mich schließlich. Ich sagte irgend etwas zu Robert — »Sonnenstich« vielleicht — und durchquerte schnell den engen Korridor mit all dem Kram von Edison, seinen Socken, Zündern und seinen vorsintflutlichen Telegraphen. Ich eilte an einem Modell der grünen Minna vorbei und an irgendwelchen aufglimmenden Glühlampen — und dann war ich draußen.

Auf dem Rückweg schwärmte Bill im Auto von Edison. Er erwähnte die Geschichte vom Phonographen und dem tauben Mann, der zwar die Feinheiten der Musik nicht mitbekam, aber immerhin die Töne hören konnte. Für Mum stand fest, daß Edison ein Genie war, und ihr fiel kein Kanadier ein, der es mit ihm aufnehmen hätte können. Robert gab zu bedenken, daß Kanada eher für seine Philanthropen bekannt sei als für seine Erfinder und Entdecker. Dann fragte er mich, ob er mir ein Eis gegen meinen Kopfschmerz kaufen solle.

Meine Eltern verbrachten den Abend mit einem endlosen Krocketturnier bei Fackelschein.

»Endlich allein«, sagte Bill.

Wir aßen eine Menge Grünzeug auf dem Balkon und bewunderten unseren sechsten Sonnenuntergang. Bill hatte sich auf ein Kissen gesetzt, und ich lehnte mich gegen seine Brust. Er spielte mit meinen Haaren und drehte sie zu Affenschaukeln. Er befestigte sie mit Gummiringen, die ursprünglich Selleriestangen zusammengehalten hatten.

»Die Sonne geht hier schneller unter«, sagte ich.

»Scheint fast so.«

»Ich vergesse immer, daß die Sonne ja gar nicht untergeht«, sagte ich. »Eigentlich ist es ja so, daß sich die Erde von der Sonne wegdreht.«

Er legte sein Kinn auf meinen Kopf und seine Arme auf meine Arme, wie leichte Ärmel. »Immer wieder ein schönes Schauspiel, noch dazu kostenlos.«

Stunden später stritten wir immer noch.

»Wie kommst du bloß auf diese blödsinnigen Gedanken?«

»Durch dich«, schrie ich.

»Ich habe dich doch gebeten, aufzuschließen.«

»Das wolltest du in Wirklichkeit doch gar nicht.«

»Das nächste Mal werde ich dir ein Telegramm schicken.«

»Gib doch zu«, sagte ich bockig, »daß du von ihr angetan warst.«

»Wenn man jemand anlächelt, heißt das noch nicht, daß man ihn flachlegen will. Das habe ich dir oft genug erklärt.«

»Du bist ein Lügner.«

Er packte mich bei den Haaren. Er zog mich hoch und schleifte mich in unser Schlafzimmer. Als er mich losließ, stürzte ich fast gegen die nächste Wand. Ich schämte mich dafür, daß wir beide — die wir während unserer Sexgetümmel fröhliche Ringkämpfe veranstalteten — plötzlich ernsthaft miteinander kämpften und drauf und dran waren, einander zu verletzen. Ich mußte an Haustiere denken, die völlig durcheinandergerieten, wenn eine vertraute Hand, die sie üblicherweise füttert und streichelt, plötzlich zuschlägt.

»Ich weiß nicht, was ich machen soll, Adele.« Bill klang ernst und traurig. »Ich weiß nicht, wie ich es anstellen soll, daß du mir endlich vertraust.« Ich spürte, wie er mich ansah und auf ein Wort von mir wartete. Dann verließ er den Raum.

Ich legte mich aufs Bett und schloß die Augen.

Als meine Eltern nach ein Uhr zurückkamen, kauerte Bill auf dem Balkon.

»Hält er Ausschau nach Satelliten?«

»Glaube ich nicht«, sagte Robert.

»Schläft er schon?« Ich hörte, wie Mum die Schiebetür öffnete. »Bill?«

»Vielleicht ist er in der Hundehütte«, sagte Robert.

Sekundenlang sagten sie kein Wort. Aber ich konnte mir vorstellen, wie sie sich verständigten. Die vielsagenden Blicke meiner Mutter!

Plötzlich vernahm ich Bills Worte, hallo, wer hat gewonnen, zu blöd, gute Nacht. Er kam in unser Zimmer, machte aber das Licht nicht an.

»Adele?«

Ich gab keine Antwort.

»Ich glaube, wir sollten unsere Wohnung kündigen, wenn wir zurück sind. Ich wüßte nicht, was uns noch zusammenhält.«

Im Nebenzimmer zogen sich meine Eltern aus. Ich hörte, wie die Kleiderbügel in ihrem Schrank quietschten. Sie unterhielten sich über ihr schlechtes Abschneiden beim Krocketturnier. Ich vernahm auch unsere Namen. Sie fielen mehr als einmal.

Wir durchquerten Florida von West nach Ost. Das zweite und letzte Naturschutzgebiet, das wir besuchten, lag in der Nähe eines Motels bei Fort Lauderdale am North Atlantic Boulevard. Robert meinte, jetzt, außerhalb der Hochsaison, seien die Preise erträglich.

Die Fahrt auf der Route 84, über die Alligator Alley, dauerte fünf öde Stunden. Robert fragte Bill, ob es ihm etwas ausmachen würde, ihn beim Fahren abzulösen. Bill tat das nur zu gern. Mum nahm seinen Platz im Fond neben mir ein. Bill und ich hatten kaum miteinander gesprochen, während wir unseren Ausflugsproviant aßen. Es war unwahrscheinlich, daß wir auf unseren Rücksitzen genug Gesprächsstoff haben würden, um meine Eltern zu unterhalten, oder auch nur, um ihnen etwas vorzumachen.

Mum erzählte vom Krocketturnier am Vorabend und wie diese Gauner ihren Bällen regelwidrig immer wieder einen Schubs gegeben hätten. »Nichts ist mehr heilig heutzutage«, sagte sie. »Was habt ihr eigentlich gestern abend gemacht?«

»Nichts Besonderes, Mum.«

»War's denn nett?«

»Ja doch. Wir haben zu Abend gegessen und dann haben wir uns den Sonnenuntergang angesehen.« Ich blickte zum Fenster hinaus und sah einem Lastwagen nach, der sich schnell in die Gegenrichtung entfernte. Er hatte Palmen geladen. Es waren ausgewachsene Bäume. »Hast du das gesehen?«

»Was?« Mum hatte nicht darauf geachtet.

Bill bremste häufig und oft unnötigerweise. Wenn sich ein Pelikan im Sturzflug über der Straße näherte, hatte er den Fuß schon auf dem Bremspedal. Wenn ein Wagen mehrere Autolängen vor uns anzeigte, daß er links abbiegen wollte, mußte sich Robert am Armaturenbrett abstützen. »Diese starken Bremsen bin ich nicht gewöhnt«, sagte Bill.

Ich beobachtete seine starken Hände auf dem Lenkrad, und ich mußte an meinen Haaransatz denken, wie der gebrannt hatte.

»Das wären also die berühmten Everglades«, sagte Robert.

Die Gegend war flach, die Karibikkiefern niedrig und ganz

und gar nicht exotisch. Fast hatte ich den Eindruck, wir befänden uns in einer anderen Gegend auf unserem Globus, als wären wir viel weiter südlich gefahren, als wir ursprünglich vorhatten. Hier wohnte niemand. Kein Unterhemd flatterte an einer Wäscheleine; keine Hunde waren zu sehen, die wie tot auf Terrassen schliefen. Nichts, worüber man hätte Witze machen oder abschätzig urteilen können. Aber es gab Touristenattraktionen — sechs, drei, eine Meile vor uns.

»Will jemand mit dem Tragflügelboot fahren?« fragte Robert.

»Eigentlich nicht«, sagte ich. »Du vielleicht, Bill?«

Er vermied es, mir im Rückspiegel einen Blick zuzuwerfen. »Mir ist es gleich.« Er blickte zu Robert hinüber. »Aber vielleicht wollt ihr beiden?«

»Ich habe keine Lust, mir die Füße naß zu machen«, sagte Mum.

»Wer weiß, wann wir je wieder hier herunterkommen.« Robert faltete eine Karte von den Südoststaaten zusammen. »Wahrscheinlich nie mehr.«

Ich spürte, wie Bill und ich drauf und dran waren, den Eltern die Reise zu verderben.

Unser neues Ferienquartier zeichnete sich vor allem durch seine Vogelmotive aus. Es hatte nur ein Schlafzimmer, das meine Eltern für sich beanspruchten. Bill zog im Hauptraum, der zugleich als Vorraum, Küche und Wohnzimmer diente, das Klappbett aus. Ich kümmerte mich um das Bettzeug, schüttelte Kissen auf, die mit Papageien übersät waren. Ich spannte Bettücher voll blaßblauer Flügel und Schnäbel.

»Eine Woche noch«, sagte Bill, nicht gerade gesprächig.

»Stimmt«, sagte ich, »noch sieben lange Tage.«

Donnie, Bills jüngerer Bruder, arbeitete den Sommer über im Magic Kingdom in Orlando. Bill hatte ihm von New York aus geschrieben und alle Daten und Orte unserer Reise angegeben. Schließlich tauchte Donnie am dritten Tag unserer allseits gedrückten Stimmung in Fort Lauderdale auf. Mum konnte ihren Blick von seinem Gesicht kaum losreißen. Sie glaubte, er habe einen Motorradunfall hinter sich.

»Aber nein«, sagte er. »Ich war nur zu lange unter der UV-Lampe.« Seine Haut war voller Blasen und schälte sich an manchen Stellen; seine geschwollene Nase kam seiner Oberlippe gefährlich nahe.

Meine Eltern mochten ihn auf Anhieb. Er hatte einige Ahnung von kanadischen Sportarten. Mit Robert fachsimpelte er über Curling. Für Mum schnitt er Gemüse klein. Er war eine Wonne. Die Eltern luden Donnie ein, so lange zu bleiben, wie er Lust hätte. Bill und ich, wenn wir schon nicht miteinander harmonierten, nahmen mehr Rücksicht aufeinander mit ihm als Puffer dazwischen.

Bill trödelte im Badezimmer herum. Donnie und ich saßen währenddessen auf einer schattigen Veranda, unterhielten uns und versuchten, unter den vorbeigehenden Passantinnen die Huren zu erkennen. Ich machte zwei aus.

»Drei«, sagte Donnie.

»Zwei.«

»Ich mache keine Witze, Adele!«

»Ich auch nicht, mein Kleiner. Sieh dir mal ihre Tasche an!« Ich hatte einmal gehört, daß Prostituierte Handtaschen in der Größe von Backenhörnchen bevorzugten.

»Das *ist* eine.«

»Ich möchte nicht wissen, woran du das erkennst.« Ich mochte Donnie ebenfalls. Er war etwas kleiner als Bill, aber muskulöser. Er hatte ein ausgeprägtes Gefühl für Recht und Unrecht. Einmal hatte er Bill eine Socke aus Kaschmirwolle um den Hals geschlungen, als er Halsschmerzen hatte. Ein andermal schlug er einen Kumpel im College nieder, als dieser einfach so zum Spaß ein paar Libellen im Mikrowellenherd getötet hatte.

Ich wollte ihn nach Bill ausfragen. Doch Donnie war noch so jung. Er glaubte noch daran, daß sich Sonnenbräune im wirklichen Leben bezahlt mache. Ich konnte ihn nicht belasten.

Bill rief uns von der Tür. Er hatte sich ein Motelhandtuch umgeschlungen. Wir gingen auf Zehenspitzen über den heißen Betonboden zurück zum Zimmer. Donnie bückte sich und pflückte das unterste Blatt von einem Strauch ab.

»Was ist das?«

»Aloe.« Er richtete sich wieder auf und zeigte mir den lanzenförmigen Trieb. »Der Saft hilft bei Stichen, Ausschlag und bei Verbrennungen. Ich werde ihn für mein Gesicht verwenden.«

»Du bist Optimist.« Ich hüpfte weiter, von einem verbrannten Fuß auf den anderen.

»Nicht wirklich«, sagte er. »Aber alles wird besser, irgendwie.«

»Das nenne ich optimistisch«, sagte ich.

»Die Dinge können nur besser werden. Stimmt's?« Er hielt sich die Aloe vor die Nase.

»Stimmt.«

»Manche Dinge bessern sich schneller, wenn man sie einfach in Ruhe läßt.« Donnie erzählte noch, wie er das gebrochene Bein eines Kätzchens verbunden hatte, bevor der Tierarzt überhaupt begriffen hatte, worum es ging.

An diesem Abend ermunterte ich Bill und Donnie, allein auszugehen. »Ich bleibe hier und schreibe ein paar Briefe.« Ich dachte mir, sie sollten Gelegenheit haben, ein bißchen miteinander zu reden und vielleicht auch meine Vorzüge zu überdenken.

Bill gab mir einen Kuß auf den Kopf. Sie sagten, es würde nicht spät werden.

Um drei Uhr waren sie noch immer nicht zurück. Ich legte mir ein Tarot aus Postkarten auf dem Couchtisch. Ich befragte die Karten, ob ich mich dazu herablassen sollte, ihnen nachzugehen. Ein Fischer, mit einer dreisten Werbung für Hochsee-Exkursionen im Hintergrund, umarmte einen riesigen Schwertfisch und deutete in meine Vergangenheit. Eine Wasserskifahrerin mit einem pflaumenfarbenen Bikini machte mich zur Königin. Ein fahler und gelangweilter Flamingo kündete meine Zukunft. Heraus kamen letztlich Orangen. Die Karte mit den Orangen kam zweimal vor. Ich konnte der Herausforderung von Früchten nicht widerstehen. Ich lieh mir Billys weite Känguruh-Jacke und zog die Kapuze über.

In der ersten Bar, die ich inspizierte, hatte früher am Abend ein Wettbewerb unter den Trägerinnen von nassen Nachthemden stattgefunden. Die Erstplazierten, in Baby-Dolls und Spitzenhemden, waren noch beim Trinken. Aus der Jukebox dröhnte Lesley Gore, und die Gäste grölten den Refrain: *It's my party and I'll cry if I want to.* Ich bestellte einen Florida Key, und eigenartigerweise entspannte ich mich. Ich hatte vorgehabt, gründlich vorzugehen: ich wollte jeden Club kontrollieren, jeden Pizza-Stand und jeden geparkten Wagen auf dem North Atlantic Strip, um sie bei einem Aufriß zu erwischen. Als ich aber die anderen Frauen beobachtete, die in Flanell und Satin herumflanierten, fielen mir unsere alten Schlummerparties ein, wo meine besten Freundinnen Mitwisserinnen in Liebesdingen gewesen waren. Sie hatten Ratschläge gegeben und Geheimnisse bewahrt. Für einen Augenblick vergaß ich Bill und die Frau, mit der er vermutlich beisammen war.

Ein Traktorfahrer aus Gainesville stellte sich vor und versprach mir das Blaue vom Himmel.

»Haben Sie jedenfalls besten Dank«, sagte ich.

Auf dem Rückweg kam ich an unbeleuchteten Motels vorbei. Ich spionierte in einigen Innenhöfen und auf Autoabstellplätzen herum und sah mir die Zimmernummern an. Von Zeit zu Zeit machte ich eine Pause. Am liebsten hätte ich an jedem dunklen Zimmer gelauscht, um bestimmte Atemstöße zu vernehmen, deren Rhythmus mir vertraut war. Als erwartete ich, meinen eigenen Namen zu hören im Geflüster eines anderen.

Als ich bei Tagesanbruch in unserem Motel die Tür öffnete, lagen beide angezogen auf der Doppelcouch und schliefen. Donnie hatte nur einen von seinen leichten Mokassins an. Ich zog ihn ihm aus und verstreute etwas Sand auf der Decke. Ich gab Bill einen Schubs. Er bewegte sich etwas zur Mitte. Ich fühlte mich wohl auf dem Platz, den er gewärmt hatte.

»Gestern war Vollmond«, sagte Donnie mit sanfter Stimme.

»Ich weiß.«

»Bill und ich hatten die Nase voll von den Bars. Wir sind am Strand spazierengegangen.«

»Wie romantisch«, sagte ich. »Wann war das ungefähr?«

»So gegen drei.«

Donnie, Bill und ich lagen im Bett. Es war früh am Morgen, ich hatte Kaffee gekocht, um uns den Tagesbeginn etwas erträglicher zu machen. Bill schlief immer noch zwischen uns.

»Wir waren auf der Höhe von der Crab Shack, als Bill etwas im Watt bemerkte.« Er trank einen Schluck Kaffee. »Es war eine Schildkröte. Ihr Panzer war fast einen Meter breit.«

»Ziemlich groß.«

Er nickte. »Sie krabbelte auf den Strand und begann, mit ihren Hinterfüßen ein Loch zu graben.«

»Woher habt ihr gewußt, daß es eine weibliche Schildkröte war?«

»Sie legte Eier«, sagte er. »Aber wir waren uns nicht sicher. Vielleicht verhielt sie sich wie diese Wale, du weißt schon, die sich an Land schwemmen lassen, um dann zu sterben. Jedenfalls rannte Bill zum Telefon und alarmierte den Tierrettungsverband.«

»Und — sind sie gekommen?«

»Nach einiger Zeit. Wir haben ihr zugesehen, wie sie ihre Eier ablegte und wieder zum Meer zurückglitt. Sie war unglaublich schwach.« Donnie blickte zu Bill hinüber, dessen Augen leicht geöffnet waren, obwohl er schlief. »Er nannte sie Mama. *Na los, Mama,* sagte er. *Du schaffst es, kleine Mama.* Ich glaubte schon, er würde sie hochheben und tragen.«

Ich fuhr mit einem Finger über Bills Schulter, über die Rundung und seinen Arm entlang, bis ich zum Ringfinger kam. Ich fuhr über seinen Fingernagel zur Fingerspitze. Ich hätte weinen können um diese sanfte Seite an ihm, die mir gefehlt hatte.

»Wir zeigten der ›Rettungsstreife für Schildkröten‹ — das war die Organisation, die die Leute vorbeigeschickt hatten —, wo die Eier im Sand lagen. Sie nahmen sie zum Ausbrüten mit. In sechzig Tagen gibt's wohl neue Schildkröten.«

»Mit ein bißchen Wärme und ein bißchen Glück.«

»Der eine Mann von der Patrouille meinte, aus diesem würde nichts schlüpfen.« Er langte neben sich und holte ein Ei aus dem anderen Mokassin. Ich berührte es. Es fühlte sich ledrig an, war von grauer Farbe, etwas schwerer als ein Hühnerei.

»Wo warst du heute früh?« fragte Donnie.

»Auf dem Strich«, zwinkerte ich. »Wo sonst?«

»Bill hat sich Sorgen gemacht.« Donnie ging mit unseren Kaffeebechern in die Kochecke und schenkte Kaffee nach.

Ich beobachtete Bill, wie er dalag und schlief. Ich dachte darüber nach, wie es wohl gewesen wäre, wenn er und ich die Schildkrötenmutter im Mondschein entdeckt hätten. Wahrscheinlich hätten wir über das Männchen gesprochen, mit dem sie sich nur ein einziges Mal im Wasser gepaart hatte. Hätten über die Befruchtung, weit entfernt von der Elfenbeinküste und von Togo, geredet, über den Nachwuchs, den sie nie sehen würde. Wären wir beide Zeugen dieses Ereignisses gewesen, vielleicht hätte uns das liebevoller zueinander gemacht.

Vielleicht wären wir gemeinsam mit ihr in den Atlantik gestiegen und hätten ihr nachgeblickt, bis sie sich zu unserem Kummer unter den Wellen unseren Blicken entzogen hätte.

Donnie fuhr an diesem Abend zur Disney World zurück. Er arbeitete als Aufseher in einer Geisterbahn, mußte erschrockene Kinder trösten und kurzsichtige Besucher eigens auf die ›Gespenster‹ aufmerksam machen. Er mußte am folgenden Morgen früh an seinem Arbeitsplatz sein.

Meine Eltern füllten seinen Rucksack mit Baguette und Gouda und drückten ihm zum Abschied herzlich die Hand. Bill und Donnie umarmten einander. Danach wandte sich Donnie mir zu. Er hob mein Kinn ein wenig mit seinem Zeigefinger: »Paß auf mein Bruderherz auf!«

»Werd ich machen.«

»Und denk nicht immer so viel!« sagte er.

Er stieg auf sein Motorrad und ließ die Maschine aufheulen. Er brüllte nochmals einige Dankesfloskeln. Robert rief, es sei uns ein Vergnügen gewesen, Donnie sei immer willkommen. Donnie fuhr Richtung Norden, sein Gesicht wirkte vom Aloesaft wie glasiert. Eine Hand hielt er eine ganze Zeitlang in der Luft.

Diese Nacht schliefen Bill und ich wieder allein. Wir rieben uns wechselseitig ein. Bill wollte durchmassiert werden, und ich trommelte ihm mit den Seiten meiner Hände die Wirbelsäule rauf und runter. Dann kratzte er mich überall, grob fast.

Wir küßten einander gerade, da hörte ich, daß die Tür meiner Eltern geöffnet wurde. Robert drückte sich an unserem Bett vorbei. Er machte das Licht beim Herd an, nur ein paar Schritte von uns entfernt, ließ Wasser in ein Glas laufen und trank es aus. Bills Arm verdeckte mir zum Teil die Sicht. Dennoch drang das unheimliche Strahlen von Roberts weißem Pyjama zu mir. Ich sah sein müdes Gesicht. Er blickte aufs Fensterglas, es schien, als erforschte er sein eigenes Spiegelbild. Dann stellte er das Glas ins Abwaschbecken, machte das Licht aus und tastete sich denselben Weg zurück. Es war absolut ruhig. Ich konnte nicht einmal unsere Herzschläge hören.

Bill und ich verhielten uns still in der neuerlichen Dunkelheit.

Meine Mutter und ich betranken uns in einer Bar mit dem schönen Namen *Plucky Duck.* Sie zahlte. Es war der letzte Ferientag in Florida. Sie hatte sich mit Robert gestritten.

»Ach Männer«, sagte sie und trank ihren Gin.

Robert und Bill waren zum Wetten zu einem Windhundrennen gefahren. Mein Stiefvater hatte ein bißchen herumgehorcht und setzte zuversichtlich auf Silver Streak, Cat's Meow und Bite. Bill setzte auf den Außenseiter Jupiter.

»Ein guter Streit reinigt die Luft.« Mum versuchte, sich selbst zu überzeugen. »Eine rasche Scheidung bringt denselben Effekt.«

Sie hatten sich wegen des Zimmermädchens gestritten. Mum meinte, das Zimmer müsse nicht mehr aufgeräumt werden, da wir ohnehin bald ausziehen würden. Robert meinte, daß wir für diesen Service zahlten, also müsse auch saubergemacht werden. Wenn wir denn schon zahlten, meinte Mum, warum hatte er dann diesem gut entwickelten kubanischen Mädchen während der ganzen Tage so viel Trinkgeld gegeben? Das Mädchen tue ihm leid, antwortete Robert, und Mum solle mit diesem Thema endlich aufhören.

Sie saß jetzt neben mir auf einem hohen Barhocker und ließ die Beine baumeln. Hinter uns spielten junge Burschen mit viel Getue Pool-Billard. Einer von ihnen hatte eine Kugel vermasselt und fluchte.

»Weißt du, wie man das spielt?« fragte sie mich.

»Nein.«

»Und Bill?«

»Er kann das prima.«

»Ich mag Bill«, sagte sie. »Kannst du dich noch an die Jungen erinnern, mit denen du früher gegangen bist? An den einen, der immer in seinem Auto vor unserem Haus geschlafen hat? Wie hieß er doch gleich?«

»Hab ich vergessen, Mum.«

»Der hat sich immer seine Zähne in der Vogeltränke geputzt.«

»Hat er nicht.«

»Hat er doch. Ich hab ihn eines Morgens dabei beobachtet.«

»Der hat nie eine Zahnbürste besessen.«

»Er hat dich jeden Tag zur Arbeit gefahren, bis ihm das Auto konfisziert wurde.« Mum schob mir das Haar hinter die Ohren. »Ich glaube, Bill hat dich sehr gern.«

»Glaub ich auch.« Und damit gestand ich mir ein, was ich schon immer gewußt hatte. Ich war die einzige Frau in Bills Leben. Dennoch würde ich nicht aufhören, jede andere Frau mit seinen Augen abzuschätzen: Könnte sie die eine sein? So war es am Riverside, als wir einmal im Winter joggten. Seine Augen folgten liebevoll bewundernd dem runden Hintern und dem festen Schritt einer anderen Läuferin. Deutlich konnte ich mich noch an den Schnee erinnern und daran, wie kalt es an diesem Tag war. Mir fiel das Eis wieder ein, blaß wie Fingernägel, das den Hudson gefangengenommen hatte.

Robert und Bill waren auf der Rennbahn ziemlich ausgenommen worden. Mum lud sie ins Kino ein. Sie schlug eine Sonderaufführung mit historischen Filmen im Autokino vor: auf dem Programm standen *Ein Amerikaner in Paris* und *Gigi.* Am Kassenhäuschen war eine Erinnerungsplakette angebracht. Robert blieb stehen und las sie.

»Hier stand früher einmal ein Wäldchen«, sagte Robert, »mit Grapefruitbäumen. Danach war hier der größte Markt im Sunshine State. Hättest du das geahnt, Liebling?«

Mum musterte den Parkplatz: »Schwer zu glauben, daß hier einmal etwas gewachsen sein soll.«

Robert parkte neben der Vorführkabine. Rechts von uns schob sich ein Volvo auf einen Parkplatz. Die zwei Pinscher eines älteren Paares kläfften zu uns herüber und sprangen vom Vordersitz auf die Rückablage.

»Jemand sollte sie erschießen«, sagte ich.

Der Parkplatz links neben uns blieb frei.

»Ich habe das Gefühl, heute abend wird es überhaupt nicht mehr dunkel«, sagte Mum. »In Toronto soll es heute gehagelt haben.« Sie trug noch die feuchte Wärme des Nachmittags in sich.

»Es ist schließlich Frühjahr«, sagte Bill.

Die Vorstellung begann mit einem Zeichentrickfilm. Robert stellte den Ton lauter. Im Zwielicht verfolgten wir unscharfe Katastrophen — Figuren stürzten von Felshängen herunter, erfroren, ertranken, tauchten wieder auf und konnten nicht genug kriegen.

»Seht ihr auch was?« fragte Mum. Sie saß ziemlich weit entfernt von Robert. Sie saß praktisch auf der Armlehne der rechten Tür.

»Wir sehen bestens.« Ein Finger von Bill machte sich in der Gürtelschlaufe meiner Minishorts zu schaffen. Er zog mich näher an sich heran.

Meine Mutter war während des ersten Films eingeschlafen. Die Hunde nebenan ebenfalls.

Bill schlug mir vor, mit ihm während der Pause ein bißchen auf den Kinderspielplatz zu gehen. Hand in Hand schlenderten wir hinter den Autoreihen herum und hörten, wie die Lautsprecher von einem Wagen zum anderen Dialoge führten. Unter der riesigen Leinwand waren überhaupt keine Kinder. Wir gingen zu den Klettergerüsten. Bill ließ sich kopfüber hängen, er hielt sich an den Kniekehlen, bis er das Geklingel von fallenden Münzen hörte. Dann suchten wir zusammen im Lichtkegel das Kleingeld.

Der zweite Film hatte angefangen. Bill und ich streckten uns auf dem nackten Boden aus und blickten nach oben.

»Bill«, sagte ich. »Ich möchte dir etwas sagen.«

Er schob seinen Arm unter meine Schulter und preßte seine Nase gegen meine Wange.

Ich erzählte ihm von Donnie, wie er Fruchtmilch aus einem Aloeblatt preßte und überzeugt davon war, daß eine Pflanze seine verbrannte Haut heilen würde. Falls sie sie nicht heilen würde, vertraute er auf die Zeit, auf die Regenerationskraft seiner Haut. Und ich sagte Bill, was ich erkannt hatte: daß es nichts gab, was mir helfen könnte, ihm zu vertrauen. Absolut nichts. Weder die Natur noch Zeit noch Liebe.

»Ich werde dich immer lieben«, sagte er. »Und wir werden immer unglücklich sein.«

Der Holzmann

Als ich neunundzwanzig Jahre alt war und zwei Kinder hatte, zog ich um. Ich wollte in Brooklyn leben, wo es ruhiger und auch weniger kostspielig war. Ich hatte gerade zwei Niederlagen hinter mir, die nicht so leicht zu verkraften waren. Ich hatte zwar meinen Magister in Völkerkunde geschafft und davon geträumt, in irgendeinem Zipfel von Afrika in einem Zelt mein Leben zuzubringen, doch nach Lage der Dinge mußte ich arabische und japanische Geschäftsleute in ›Englisch als Fremdsprache‹ unterrichten. Und außerdem war ich, wenn auch nicht ganz freiwillig, geschieden. Es war wohl besser so.

Ich verbrachte viel Zeit damit, über das Wesen der Liebe nachzudenken. Ich fragte mich, warum ich es nicht geschafft hatte, die Liebe in unserer Ehe zu erhalten oder sie vielleicht wiederzuerwecken. Ich hatte jetzt Gelegenheit, darüber nachzudenken, wie menschliche Wesen in die Welt hineingeboren werden, ohne daß ihnen laufend Liebe in Aussicht gestellt würde, von den Eltern oder von Unbekannten, die die Zukunft für sie bereithält. Und auch darüber, wie Menschen, die selbst nicht geliebt worden waren, selber Liebe lernen könnten. Bevor unsere Kinder geboren wurden, hatte ich meinen Ehemann Bill geliebt, wie ein Kerl es liebt, seinen Lastwagen auf Touren zu bringen. Aber nachdem Graham und später Jane auf die Welt gekommen waren, verspürte ich eine Liebe, die lebensnotwendig und dicht war wie Luft. Ich hatte bis dahin keine Ahnung von der tiefen Befriedigung, die es bereiten konnte, ihnen bei den einfachsten Tätigkeiten zuzusehen — zum Beispiel, wenn Graham sich wie ein alter Mann auf den linken Ellbogen aufstützte und sich die Zähne putzte; wenn ich ihm zuhörte, wie er die Mannschaft von den Metropolitans anfeuerte und wie ein Papagei immer wieder krächzte: Start, Balken, Abschlag. Oder wie er das Wort ›Erdbeere‹ aussprach. Oder wie Jane die Butter von meinem Maiskolben schleckte.

Wir gehörten nicht nach New York. Am liebsten wäre ich zur Westküste zurückgezogen, wo ich geboren war, und das Leben hätte noch einmal von vorn angefangen. Ich hätte mir gewünscht, daß unsere Kinder an einem Ort aufwuchsen, wo sie bis zum Einbruch der Dunkelheit in einem Hof Versteck spielen konnten, ich hätte gewollt, daß sie unter großen grünen Baumkronen zur Schule gingen und nicht zwischen armen Seelen herumstapften, die irgendwo herumlagen und jeden Tag ein bißchen mehr starben. Ich wollte aber auch, daß meine Kinder ihren Vater kannten, daß der Vater seine Kinder kannte, daß sie, mehr oder weniger, geliebt würden. Also blieb ich.

Dort draußen am Pazifik, wo ich aufgewachsen war, arbeiteten die Väter fast aller Kinder in der Sägemühle. Sie arbeiteten an der Säge, stapelten Baumstämme oder waren, neuerdings, am grünen Fließband tätig. Mein Vater war Zuschneider. Früher arbeitete er in einem Holzfällerlager am Desolation Sound, wo er jahrhundertealte Zedern umlegte. Später dann, als er sich vom Charme meiner Mutter, ihrer Musik und ihren drei Kindern hatte einfangen lassen und sie heiratete, landete er in Vancouver und fing bei Pacific Pine an. Er schnitt dort Holz für den Schiffsbau zu. Mum war vierzig, er ging auf die Fünfzig. Nach einem knappen Jahr erblickte ich das Licht der Welt. Viele Leute hielten ihn für meinen Großvater.

Damals, 1959, waren die Sonntage noch Familiensonntage. Einmal mieteten wir ein Boot an der Lost Lagoon und ruderten trotz Regens um die Fontäne. Humphrey (mein Vater) sagte ein Gedicht auf, das er noch aus seiner Kinderzeit kannte:

Finster war's, der Mond schien helle,
Als ein Wagen blitzesschnelle
Langsam um die runde Ecke fuhr.
Drinnen saßen stehend Leute,
Schweigend ins Gespräch vertieft,
Als ein totgeschossner Hase
Auf der Sandbahn Schlittschuh lief.

Ich ließ meine Hand ins Wasser baumeln und verweilte noch längere Zeit bei diesem Reim. Meine Mutter meinte, sie habe eine andere Vorstellung von Unterhaltung, als in einem feuchten Boot auf einem nassen See zu sitzen und sich dummes Zeug anhören zu müssen.

Ein anders Mal fuhren wir die ganze Strecke in die Vereinigten Staaten hinunter, um die riesige Achterbahn und eine Rollschuhbahn im Freien auszuprobieren. Das Rummelplatzvergnügen im Grenzstädtchen Blaine an der Birch Bay war ohrenbetäubend, die Farben waren so grell und schrill, daß ich die Augen zusammenkneifen mußte. Mum bat Dad, mit ihr zusammen ein kühles Bier vom Faß zu trinken. Die Kneipen dort waren sonntags für die Horden von kanadischen Heiden offen. Er zwinkerte ihr zu und meinte, er bechere nur, wenn jemand gestorben sei. Ray stimmte seine Gitarre unter einem Totempfahl. Irene und Joyce, damals siebzehn und fünfzehn, spazierten in ihren gestreiften Bermuda-Shorts am Strand entlang.

Ich ging ihnen nach. »Solltet ihr nicht auf mich aufpassen?«

»Das machen wir doch«, sagte Joyce. Sie liefen weg und wirbelten mit den Füßen Sandwolken auf. Dann drehten sie sich um, gingen rückwärts und winkten verrückt wie die letzten Hinterwäldlerinnen.

»Ich kann dich sehen«, wehte Irenes schwache Stimme herüber.

Ich beugte mich runter, schwankte ein wenig und sah zwischen meinen Knien durch. Da liefen sie verkehrt herum weg.

Auf der Rückfahrt lachten Ray und meine Schwestern andauernd. Es war, als läge die hintere Sitzbank in einem weit entfernten, fröhlichen Erdteil. Ray flüsterte Ferkeleien, die er in einem Buch mit schweinischen Witzen gelesen hatte. (»Kennt ihr *Russische Leidenschaften* von Natascha Eierbeißerowa?«) Mum sah zum offenen Autofenster hinaus und mußte kichern.

Ich saß eingezwängt zwischen ihr und meinem Vater. Sie streckte ihre Hand über meinen Kopf hinweg, der mit einem Strohhut bedeckt war, zu Humphrey hinüber und kraulte ihn am Hals. »Na, hast du die Sprache verloren?« Er antwortete so ruhig und konsequent wie immer, er versuche gerade, sein Abendessen zu verdauen. Mum tätschelte mir das nackte Bein. »Ist dir nicht kalt?« Sie zog ihre Hand zurück und umklammerte wieder ihre Handtasche auf ihrem Schoß.

Ich quengelte und wollte auch auf den Rücksitz. Ray wandte ein, daß ich noch nicht gegen Tollwut geimpft sei.

Die Mädchen johlten. Das stachelte mich an, und ich log, daß ich sehr wohl geimpft sei. Mein Vater erhob die Stimme: »Jetzt reicht's aber da hinten. Oder wollt ihr zu Fuß gehen?« Der Wagen war wieder eins, vereint im Schweigen. Auch als wir an totgefahrenem Wild vorbeikamen, ließen wir uns nichts zuschulden kommen.

Dann war da noch der Sonntag, an dem Dad nur noch mich mitnahm. Das war, nachdem die Streitereien zwischen Mum und ihm angefangen hatten. Sie hatte begonnen, die drei anderen Kinder zu Morgenveranstaltungen mitzunehmen und auswärts zu Abend zu essen.

Wir fuhren mit dem Wagen. Er sagte kein Wort. Ich lag auf dem Rücksitz des Chevrolets und betrachtete seinen kahlen Schädel, starrte auf das Büschel schwarzer Haare in seinem Ohr. Er stellte das Auto ab, wir stiegen aus und gingen geradewegs zu einem glänzenden Baumstoß direkt am Fluß. Der berauschende Geruch von nassem Zedernholz hing in der Luft. Dad deutete auf ein Schild und sagte: »Pacific und wie weiter . . .?«

»Pine«, antwortete ich. Dad war überzeugt, ich hätte seine Intelligenz geerbt. Er suchte und fand immer wieder eine Gelegenheit, sich das zu bestätigen.

»Hier arbeite ich«, sagte er. »Dein Vater ist der Vorarbeiter bei den Zuschneidern.«

Wir stiegen eine steile Holztreppe hinauf und gingen hinein. Die Sägemühle sah wie ein sehr langer Schuppen aus, groß und dunkel, ohne Unterteilungen. Die Fenster waren ohne Glas. Als ich hinausblickte, sah ich den Fluß im Regen. Mir war, als sei die Sägemühle ins Schwimmen gekommen und wir trieben hinaus in die salzige Brühe. Unsere vier Beine schritten mal ins Licht und mal in die Dunkelheit, wir kamen an einer Darstellung von Smokey the Bear vorbei, der seinen gewaltigen Rücken tiefschwarzen Bäumen und weiß schimmerndem Feuer zuwandte.

Er erzählte mir, daß die Wälder in Europa zurückgingen, die Bäume wuchsen einfach nicht mehr, wurden überschlägert, der Krieg hatte viel vernichtet. Unsere Bäume dagegen gehörten zu den größten auf dem Planeten, so hoch, daß man manchmal ihre Spitzen nicht sehen konnte. Witwenmacher nannte er sie. Das Kernholz, das Bauminnere, war abgestorben. Das Splintholz lebte aber noch. Um einen Baum zu fällen, setzte er immer an der gleichen Stelle an. Der Baum bewegte sich nicht. Aber früher oder später fiel er. Er sah sich die Stämme auf kranke Stellen hin an oder auf Astwirbel. Dann begann er mit der Fallkerbung. Er redete von Holzkuppen und Knorren, von Stümpfen und Rundholz und von allen möglichen Sägen, von großen und kleinen Sägen, von Blockbandsägen, Fuchsschwänzen und Motorsägen.

Ich begriff nichts von all dem, aber ich hörte ihm zu. Er redete immerzu so, als verstünde ich genau, was er gerade machte — auf geniale Weise den Rasenmäher reparieren, zum Beispiel, oder das Innenleben eines Acht-Zylinder-Motors. Manchmal begriff er, daß er über meinen Kopf hinwegredete. Dann sah er zu mir hinunter und sagte mit ernstem Blick: »Adele, bist du denn immer noch ein Kind?« Als würde ich besonders lange brauchen, heranzuwachsen.

Das andere Ende der Sägemühle ragte über den Fluß hinaus. Es war weit offen, ohne Wand. Unter uns schwammen Stapel von Baumstämmen, die wie lange Krokodile auf und ab tanzten. Dad legte eine Hand aufs Geländer und blickte hinunter. »Mistholz«, sagte er. »Schierlingstanne.«

Ich stand neben meinem Vater, meine Hand in seiner großen Hand. Manchmal mußte ich mit den Zähnen winzige Holzsplitter aus seiner Hand herausziehen. Ich verspürte eine tiefe Sehnsucht in mir, aber ich wußte nicht wonach. Ich fühlte mich leicht wie Sägemehl auf einer Handfläche, als könnte ich jeden Augenblick weggeweht werden.

Auf dem Rückweg hielt Dad an, um mir seine Maschine, den Sägeblock, zu erklären. Er hatte einen Stift herausgezogen und war gerade dabei, eine Skizze zu zeichnen, da nahm ich Reißaus und lief — bevor ich selbst recht begriff, was ich vorhatte — den Gang hinunter, verlor in meinen Gummistiefeln fast das Gleichgewicht und duckte mich in eine Seitenkabine. Ich wartete, war ganz aufgeregt.

Es dauerte nur ein paar Sekunden. »Adele.« Er war vergrämt. »Sei nicht so blöd! Eine Sägemühle ist gefährlich. Das ist kein Kinderspielplatz.«

Ich mußte lachen.

Ich hörte seinen langsamen, festen Schritt. Er war ganz nahe. Ich erhaschte einen Blick von seinem roten Flanellhemd, er war auf meiner Höhe und hielt an. Wir waren beide für eine ganze Weile still. Draußen schrie eine Möwe, wie eine Katze. Ich streckte einen Fuß hinaus. »Warm«, flüsterte ich.

Er sah direkt auf meinen Fuß, doch dann blickte er über meinen Kopf hinweg, sah über mich hinweg und tat so, als hätte er mich überhaupt nicht bemerkt. Er ging ungerührt vorbei, ging weiter. »Dad«, rief ich aus meinem Versteck. Er setzte seinen Weg fort. »Dad«, rief ich noch einmal. »Kalt, es wird immer kälter.« Ich wartete. Und dann hörte ich ihn nicht mehr. Ich stand auf und schüttelte einige Flocken Sägespäne ab. Am anderen Ende der Sägehalle stieg er die Treppe hinunter. Er warf keinen Blick zurück. Mein Herz hüpfte wie ein kleiner Vogel in meiner Brust. Ich wollte gefunden werden. Der Witz beim Versteckspiel liegt darin, daß man gefunden wird.

Wir nahmen nur unsere Kleidung mit. Das neue Haus war völlig leer. Es gab kein Obergeschoß und auch keine Gardinen. Wenn man die Küchentür öffnete, fiel ein Bügelbrett aus der Verankerung und stand heraus wie eine kranke Zunge. Ich hatte endlich die Erlaubnis, ein Haustier zu halten, eine apathische Schildkröte.

Mum war verhältnismäßig häufig mit Robert zusammen, der zwar nicht bei uns wohnte, sich aber immer bei uns herumzutreiben schien. Die Mahlzeiten wurden aufregender, denn er war ein bißchen schwerhörig und dementsprechend laut. Auf einer Polizeiauktion hatte er eine Filmkamera gekauft. Und einmal, am frühen Morgen, mußten wir in gleißendem Lichtschein unser Frühstück einnehmen, die Anfangsbuchstaben unserer Namen hatte er aus Teelöffeln zusammengelegt. Er trug sein Haar zurückgekämmt, es glänzte schwarz. Man hatte den Eindruck, als küßte er Mum unentwegt, oder er liebkoste ihre Füße. Auch das tat er geräuschvoll. Er nannte sie *Liebling.*

Ich vermißte meinen Vater immer noch nicht. Ich kam mit Kindern meines Alters zusammen, die alle irgendwelche Handicaps hatten — sie waren Schreihälse, hatten Hautausschlag, waren langweilig oder so wunderschön, daß immer sie als Prinzessin auserkoren wurden. Ich führte oft meine Schildkröte aus und wünschte, sie wäre ein Hund. Ich verbrachte viel Zeit damit, die Felder auf der anderen Seite der Straße auszukundschaften, die übersät waren von wilden Nelken und Butterblumen, voll von Ringelnattern, Pfützen und Stacheln und von verrückt gewordenen Bienen. Ich beerdigte tote Vögel und legte Kreuze aus weißen Steinen auf ihre Gräber. Das war meine Lieblingsbeschäftigung.

Abends kniete ich vor dem Fernsehapparat und wechselte für Ray die Kanäle. Er behauptete immer, er müsse seine Handgelenke schonen. Manchmal, nach dem Bad, an milden und warmen Abenden, wenn niemand an meinem Bett auftauchte, um mir eine Geschichte vorzulesen, ging ich im Pyjama hinaus und beobachtete, wie Mum und Robert die Radioreportage eines Baseballspiels verfolgten. Sie saßen an derselben Seite des Picknicktisches, den er angefertigt hatte. Er erklärte Mum den Spielverlauf; sie schien moralisch entrüstet zu sein, daß die Runner versuchten, den Ball zu ergattern, und fragte sich, warum sie sich nicht mit den Punkten zufriedengaben, die sie bereits erreicht hatten. Hin und wieder ließ Robert erkennen, daß er mich bemerkt hatte. »Na, fängst du jetzt an, die Sterne zu zählen, Delbert?« fragte er über seine Schulter hinweg. »Ich werde dich danach fragen. Ich werde dich einmal fragen, wie viele es gibt.«

»Sie kann noch nicht so weit zählen«, sagte Mum, um mich zu schützen. »Wie weit kannst du zählen?« fragte sie mich.

»Ich werde morgen in der *Sun* nachsehen, wie viele Sterne heute abend draußen waren. Du solltest anfangen zu zählen, Delbert.«

»Nenn sie nicht immer Delbert, Robert!«

»Los, los, fang an!«

Ich nannte irgendeine Zahl, acht, zum Beispiel, oder meine Lieblingsziffer, neunundneunzig. Mum stieß einen gezierten Lacher aus, und Robert sagte irgend etwas Aufmunterndes.

Schließlich vergaßen beide wieder, daß ich da war. Manchmal hörten sie abends Streichmusik mit traurigen Sängerinnen wie Judy Garland oder Peggy Lee und waren ganz aufgewühlt wegen deren Scheidungen. Am Ende des Sommers, bevor ich in die erste Klasse kam, drehte sich alles um den Detektiv, der unser Haus beobachtete. Sie rätselten darüber, wer ihn wohl bezahlte. Ob vielleicht gar mein Vater und Roberts Frau unter einer Decke steckten?

Plötzlich wurden neue Regeln eingeführt. Die Fensterläden blieben geschlossen, selbst an trüben Tagen. Robert parkte einen Block die Straße aufwärts, läutete an der Vordertür und platzte herein, wann immer er wollte. Joyce durfte nicht mehr in den Klamotten ihres Freundes Eric herumhängen und knutschen; da könne sie gleich verschwinden und zur Hölle fahren.

Eines Nachts wachte ich auf, sah beim Fenster hinaus und glaubte, er stünde auf dem Rasen und blickte mich an. Ich weckte Ray auf.

Er sagte: »Du willst wohl heiße Ohren?« Schließlich stand er auf, ging mit mir nach hinten ins Wohnzimmer und stieß die Läden auf. Seine Hand zitterte leicht, er verstärkte das Zittern absichtlich noch ein bißchen, und ich lachte. »Niemand da«, sagte er. Dann mußte ich ihm ein Eis aus dem Kühlfach holen. Er ließ mich ein paarmal schlecken, dann mußte ich mit ihm einen Teil eines Kriegsfilms ansehen, um mich zu beruhigen.

Beim nächsten Mal, als ich Angst hatte, war Ray nicht zu Hause. Ich krabbelte zu Mum ins Bett, sagte aber nicht, warum. Ich wollte sie nicht aufregen. »Wer ist denn das?« fragte sie munter. »Ist das mein Hackbraten?« Ich schob meine kalten Füße unter ihre heißen Waden. Und sie sagte: »Schlaf ein, mein Hackbraten!«

»Ich kann nicht.«

Sie schob meinen Pyjama bis zum Hals hinauf, spielte sanft auf meinem Rücken Klavier, und ich durfte mir alle nur denkbaren Lieder aussuchen, *Away in a Manger, Wonderful Wonderful Copenhagen.* Ich konnte sie aus ihren Fingerspitzen heraushören, aus ihrer sanften Kraft.

Ich habe meinen Vater nicht gesehen, bis ich zehn Jahre alt war. Er kam eines Tages und holte mich zum Schlittschuhlaufen auf der Eisbahn im Queen's Park ab. Die Scheidung war rechtskräftig; er hatte das Sorgerecht nicht bekommen, durfte mich aber jeden zweiten Samstag sehen. Er war jetzt beinahe sechzig Jahre alt. Mum scheuchte mich aus der Tür und gab mir eine Banane mit. Sie drückte mir noch eine Zehn-Cent-Münze in die Hand: »Für den Fall, daß etwas sein sollte.«

Er wartete in seinem grünen Chevrolet. Er hatte dieselben Sachen an wie damals, als ich ihn zuletzt gesehen hatte. Er trug Sonntagskleidung: einen Hut mit einer roten Feder, ein Fischgrätenjackett, eine blaue Krawatte mit Angelhaken als Muster, ein solides blaues Hemd. Er wirkte professionell wie früher: bedächtig, konsequent. Er sah nicht gemein aus, nicht wie der Schlägertyp, der Mum bluten ließ, indem er sie jahrelang für die Ferien der Rechtsanwälte aufkommen ließ. Er beugte sich herüber und öffnete die Wagentür. Er bat mich, das Fenster auf meiner Seite offen zu lassen. Der Auspufftopf war nicht mehr ganz in Ordnung. Er fürchtete, ich könnte vom Auspuffgas vergiftet werden. Er müsse das einmal in Ordnung bringen. Einmal sei er zufällig nach Kingsway gekommen, sagte er. »Ganz nebenbei, kannst du dich noch an das Gedicht erinnern?«

»Nein«, sagte ich.

»Schade.« Er blickte zur Seite. »Als du noch klein warst«, sagte er, »hast du dich immer schrecklich aufgeregt und sagtest ›Aber Daddy, ein totgeschossner Hase kann doch nicht Schlittschuh laufen.‹ Du hast das ganz wörtlich genommen.« Er schien traurig über mein klägliches Gedächtnis zu sein.

»Och«, sagte ich nur. Meine Beine wurden feucht vom Regen, der durch das offene Fenster eindrang. Aber ich rückte nicht zu ihm hinüber.

Er fragte mich nach »den Armstrongs« aus. Ich erzählte ihm, daß Joyce mit Eric durchgebrannt war, daß Irene Peter geheiratet hatte — den belgischen Jungen vom unteren Straßenende, und Ray sei ein Frauenheld. Dann kam ich auf mich selbst zu sprechen. Ich erzählte ihm, daß ich jetzt in der fünften Klasse sei und lauter glatte Zweier hätte.

Auf der Eisbahn wurde Rock and Roll gespielt. »Nigger-Musik«, erklärte Dad. Dann sauste er los und landete in einem Pulk von Jungen, die nach vorn gebeugt dahinflitzten. Ich berührte die Seitenbegrenzung alle paar Meter. Die einzige Möglichkeit zu bremsen bestand für mich darin, ins Holz hineinzurasen. Die Eisbahn war überfüllt von Teenagern der üblichen Sorte und einem Haufen Wahnsinniger. Einer von ihnen besetzte die Strafbank, klatschte mit seinen Handschuhen und rief »Weihnachtsmann, Weihnachtsmann«, jedesmal, wenn Dad vorbeisauste, bis er die passende Antwort bekam.

Das Licht wurde abgedunkelt, das war das Zeichen ›Nur für Paare‹, über die Lautsprecher kam ein Lied mit viel Streichergefiedel und entsprechendem Text. Papa hielt mit einem forschen Bremsgeräusch bei mir an. Eisteilchen spritzten von seinen Kufen. Er streckte eine Hand aus.

»Aber jetzt ist für *Paare.*«

»Wir gehen jetzt«, sagte er außer Atem. »Sperrstunde.«

Strauchelnd versuchte ich mit ihm mitzuhalten, dann ließ ich mich ziehen. Eine Schlittschuhratte kam vorbei und meinte: »Wer zieht denn da wen?« Dad erzählte dann, daß er sich bei seinem ersten Skiversuch dermaßen amüsiert habe, daß er sich schwor, nie wieder Ski zu fahren. Dann erzählte er von Wormwood Scrubs in London, England, und davon, wie seine geistesgestörte Mutter ihm befahl, sich auf die Treppen des Gefängnisses zu setzen, als er einmal sein Abendessen nicht ganz aufgegessen hatte. Diese Geschichte verfolgte ihn wohl für ein ganzes Jahrhundert, wenn nicht für zwei.

Auf dem Rückweg kaufte er mir in Hudson's Bay Tenniskleidung für meine Barbie-Puppe und eine Biographie für Jugendliche über Mary, Königin von Schottland. Ich fing sofort zu lesen an. Wir nahmen unser Abendessen in einer Raststätte ein, aßen im Auto von einem Tablett, das in Brusthöhe vor uns befestigt worden war. Es blieb nicht aus, daß er auf Robert zu sprechen kam. Er machte ihn dafür verantwortlich, daß seine Ehe gescheitert war. Robert sei schuld, daß er seine Familie verloren habe. Er meinte auch, daß dieses Schlitzohr Kiely nicht der erste gewesen sei, mit dem sich die Ehebrecherin eingelassen habe. Ich glaubte ihm nicht. »Meine Mutter ist keine Ehebrecherin«, sagte ich. »Sie sagte, sie hätte dich in jedem Fall verlassen, ob Robert nun aufgetaucht wäre oder nicht.«

Dad kaute vor sich hin. Er blickte starr geradeaus. Er sagte: »Das glaube ich keinen Augenblick.« Er hielt Mum für ein eigensinniges Kind, ohne eigenen Willen und ohne gesunden Menschenverstand, das sich einfach treiben ließ.

»Ihr wart nicht zärtlich genug miteinander, sagt sie.«

Wie nebenbei sagte er: »Das ist einfach nicht wahr.« Er

trank einen Schluck Tee. »Hast du gewußt, daß deine Mutter, wie übrigens auch meine eigene Mutter, mich immer für alles verantwortlich gemacht hat? Wenn es zum Beispiel regnete, führte sie das auf einen hinterhältigen Wunsch meinerseits zurück.«

Als wir schließlich bei Mums Haus angekommen waren, stieg ich aus dem alten Chevrolet aus, erwiderte seinen Gruß nicht und ging, die Arme voller Kram, ins Haus und knallte die Tür zu. Es war niemand zu Hause.

Ich wußte, daß meine Mutter ihn niemals so geliebt hat wie sie den Vater von Ray, Irene und Joyce geliebt hatte. Sie vermißte ihn immer noch. Eines Morgens, bevor ich zur Schule mußte, teilte sie mir das Haar und flocht mir zwei dicke Zöpfe. Dabei erzählte sie mir, sie habe vom ursprünglichen Ray, von Ray senior, geträumt. »Am liebsten wäre ich gar nicht aufgewacht«, sagte sie. »Alles erschien mir so wirklich. Ich wollte nur noch ein bißchen mit ihm reden. Mein Gott, sah er gut aus.«

»Hast du meinen Vater jemals geliebt«, fragte ich sie. Ich wußte, auf seine Weise liebte er sie immer noch. Er verabredete sich nicht mit anderen älteren Damen. Er lebte wie ein Einsiedler.

»Ich hätte es gern gewollt«, sagte sie. »Ich habe es versucht.«

Nach einer meiner üblichen Samstagstreitereien mit Humphrey stellte ich mir vor, wie er in seinem Wagen nach Hause fuhr — müde nach einer schweren Mahlzeit und von den Filmen, erschöpft vom Krach zwischen uns — und ich sah, wie er am Lenkrad einschlief. Ich sah ihn vor mir, wie er die Fahrbahnen wechselte, wie üblich ohne ein Zeichen zu geben, in einen Unfall verwickelt wurde und starb, ohne jemals geliebt worden zu sein. Weder von seiner Mutter noch von meiner.

Ich ging in die Küche, nahm den Telefonhörer ab und wählte seine Nummer und hörte, wie es läutete, wieder und immer wieder. Und ich dachte: *Jetzt müßte er zu Hause sein. Es ist genug Zeit vergangen.* Ich begann zu beten: »Bitte mach, daß bei ihm alles in Ordnung ist! Laß ihn gesund nach Hause kommen! Mach, daß er den Hörer abhebt!« Dann vernahm ich ein Knacken, und er sagte in seiner ruhigen, verärgerten Stimme: »Hallooooh?« Ich hängte ein.

Die Hochzeitsreise von Mum und Robert bestand aus einer zweiwöchigen Kreuzfahrt nach Anchorage: Mum spielte zur Happy Hour Hammond-Orgel, Robert machte den Conférencier und betätigte die Rumbarasseln. Er schlug den Takt, indem er mit diesen kleinen Kügelchen den Rhythmus markierte. Mum hatte mit dem Gedanken gespielt, mich auf die Reise mitzunehmen, aber Robert brachte sie davon ab, indem er von den Gefahren erzählte, die durch Eisberge drohten.

Ich hatte keine Lust, bei Dad zu bleiben. Das Haus war verdreckt. Als ich geboren worden war, hatten Mum und Irene frisch tapeziert. Das Muster der Tapete zeigte Hunderte Male denselben Mexikanerjungen beim Hühnerfüttern. Sein Lächeln, der Sombrero und die Hühner waren inzwischen unter einer dicken Dreckschicht fast verschwunden. Der Haken für meine Babyschaukel war immer noch im Vorraum eingeschraubt. Er sah den ganzen Tag das Programm von CBC auf einem alten Schwarzweißfernseher in der Küche, die Füße auf der Kohlenkiste. Nach seiner Pensionierung verdiente er sich noch ein bißchen nebenbei mit Gelegenheitsarbeiten – er mähte bei anderen Leuten den Rasen, hackte und schlichtete Holz.

Als er mich nach den ›Hochzeitsfeierlichkeiten‹ ausfragte, wußte ich nicht recht, was ich sagen sollte. Ich erzählte ihm von Groucho, unserem Corgi, der vom Souterrain unseres neuen Halbgeschoßhauses heraufgesprungen war und die Getränkereste geschlabbert hatte, die neben den Liegestühlen auf der Terrasse standen. Er war vollkommen blau. Ich habe den ganzen nächsten Tag neben seinem Körbchen zugebracht und ihm während seines Katers eine Pfote gehalten. Ich erzählte Dad nichts von Roberts herzzerreißendem Trinkspruch auf die Braut, der so eindrucksvoll war, daß eine Teilnehmerin ihn auf einer Papierserviette notierte. Ich erzählte ihm nicht, wie traulich und zufrieden Mum und Robert wirkten, wenn sie miteinander tanzten. Mein Vater fragte nicht weiter.

Unseren letzten gemeinsamen Abend verbrachten wir bei einer Opernaufführung. Ich war zuvor nie in der Oper gewesen, obwohl er mich immer hatte mitnehmen wollen. Es handelte sich um eine Truppe auf Tournee, die sich herabließ, auf dem Weg zwischen Seattle und San Francisco auch Station in Provinznestern zu machen. Ich zog das an, was ich auch zu Mums Hochzeit getragen hatte. Dad hatte sich feingemacht. Er war im Laufe der Jahre geschrumpft. Seine ausgefransten Hosenaufschläge berührten den Boden, sein Fischgrätensakko schlotterte ein bißchen, aber sein Hemd und die hellblaue Krawatte, die Mum ausgesucht und ich ihm zu Weihnachten geschenkt hatte, paßten ausgezeichnet. »Alles, was du wissen mußt«, sagte Dad, »ist, daß alle Personen irgendwann ins Gras beißen. Bis dahin singen sie entsetzlich lange.«

Es gab *Tosca.* Ich verstand kein Wort, aber die Musik war aufwühlend schön. Das Ende des ersten Aktes spielte am

Taufstein einer Kirche. Die Szene wurde allmählich aufgebaut. Erst Orgelklang, dann ein kniender Chor, der sich permanent bekreuzigte und feierlich auf Latein die Messe sang. Als er schließlich zu voller Lautstärke gelangt war, Kanonen schossen, Glocken wild läuteten und Trompeten schmetterten, war mein Entzücken grenzenlos. Da hörte ich das laute Atmen meines Vaters. Seine Schultern zuckten, Tränen liefen über sein Gesicht und tropften auf sein Jackett.

Ich stieß ihn in die Seite. »Dad«, sagte ich, »deine Nase läuft«.

Er hatte kein Taschentuch, und ich hatte auch keines bei mir, er mußte seine Nase in seinem Sakkoärmel abputzen. Jemand hinter uns reichte uns ein gestärktes weißes Taschentuch und meinte: »Behalten Sie es ruhig. Vielleicht brauchen Sie es noch.« Als Scarpia demütig niederkniete und beichtete, seine Leidenschaft habe ihn Gott vergessen lassen, schneuzte sich Dad. Er schüttelte verwirrt den Kopf. »Und keine Seele ist gestorben«, sagte er.

In der Pause sagte ich ihm, daß ich ihn verlassen und auf den Stehplatz gehen würde, wenn er so weiterheule. Er versprach, daß er sich zusammennehmen wolle, und er hielt sich dran. Später weinten alle anderen, ich übrigens auch. Aber er saß da mit leuchtenden, trockenen Augen, sein Kinn in die rechte Hand gestützt.

Die elfte und zwölfte Klasse schaffte ich in einem Schuljahr. Ich reiste ostwärts zur University of Toronto, dort verbrachte ich ein schreckliches Semester; ich kehrte nach British Columbia zurück und machte mein Examen in Völkerkunde. Nach meinem Bachelor-Grad kümmerte ich mich intensiv um meine Forschungsvorhaben und verbrachte einen Winter in der Arktis für meine Doktorarbeit. Alle zwei Wochen kam ein kleines Flugzeug und brachte Post und Lebensmittel. Mum berichtete von kleinen Katastrophen und von kleinen Kindern, von ihrer Frisur und dem schlechten Atem des neuen Hundes. Von meinem Vater hörte ich nichts.

Ich lebte in dem kleinen Dorf Iglooik, hoch über der Hudson Bay, bei einem Eskimo-Paar, Abel und Molly Pawlangtuk. Sie hatten ihre drei Kinder verloren: eines war ertrunken, eines war an Unterkühlung gestorben, eines war bei der Geburt durch die Nabelschnur erdrosselt worden. Sie trieben mit mir ihre Scherze, nannten mich »Nanook« oder ihre »weiße Tochter«. Ich hatte mein eigenes Zimmer in ihrem typischen Eskimohaus, dessen Bau und Instandhaltung von der Regierung unterstützt wurde. Manchmal aßen wir zusammen — gefrorenes Rentierfleisch, das vom Dach geholt wurde, oder Bauchstücke vom Narwal, die besonders gut schmeckten. Ich konnte tun und lassen, was ich wollte.

Ich erforschte die Einflüsse des Christentums auf den Schamanismus der Eskimos. Ich verbrachte daher viel Zeit in ihren Gottesdiensten und Abendandachten und bei Tees mit Pfarrmitgliedern. Ich nahm an Geisterheilungen teil, wurde Zeuge, wie Eingeborene in Trance fielen und plötzlich in fremden Sprachen redeten oder erstmals in ihrem Leben ihr blindes Auge einem flackernden Kerzenschein folgen ließen, einem Licht, das sie niemals zuvor wahrgenommen hatten. Ich stellte viele Fragen über ihre Vorstellungen von Gott. Welches Bild hatten sie von Ihm? Ich bat sie, Jesus zu beschreiben. Was haben die Schamanen alles gemacht, und wo sind sie abgeblieben? Gibt es heute noch irgendwelche Zauberpriester im Dorf?

Ich unterhielt auch, gegen jeden wissenschaftlichen Kodex, eine Beziehung zu einem Zauberpriester. Wobei ›Beziehung‹ nicht das richtige Wort ist. Wir hatten ein Verhältnis miteinander. Er war um einiges älter als ich, wobei ich sein wirkliches Alter nie herausbekommen habe. Seine Haut jedenfalls war weicher und sanfter als meine. Eines Tages kamen wir von einer Wanderung im Eis zurück. Er streifte mir die Thermohandschuhe ab, öffnete seinen Parka und preßte meine Hände auf seinen Bauch. Er leckte das Eis von meinen Wimpern und von meinen Augenbrauen. Für unsere Nahrung ging er auf die Jagd. Er sorgte vorzüglich für mich. Da es ziemlich lange dunkel blieb, verbrachten wir viel Zeit in seinem Bett, unter Bärenfellen. Mein Körper war nie gesünder, schlanker, in besserer Form und mehr geliebt als damals. Bevor er einschlief, sagte er: *»Iglusak.«*

»Das ist Schnee, mit dem man bauen kann.«

»Aput.«

»Das ist Schnee, der einfach auf dem Boden liegt.«

»Pigtug.«

»Schnee, der in einem Schneesturm herumgewirbelt wird.«

»Ganik.«

»Fallender Schnee.«

»Mauya.«

»Mauya ist sanfter, tiefer, *sotto, sotto* Schnee.« Ich bedeckte ihn überall mit Küssen. »In dem man sich hinlegen und Engelabdrücke machen kann.« Ich begriff die Bedeutung des Wortes *quviannikumuit.* Sich rundum glücklich fühlen. *Nuannarpoq.* Größtes Vergnügen darin finden, am Leben zu sein.

Eines Morgens wachte ich auf und empfand schlimmste Schuldgefühle ihm gegenüber. Ich brach die Beziehung abrupt ab. Er verließ das Dorf wenig später. Keiner wußte, wohin er gegangen war. Viele Dorfbewohner waren überzeugt davon, er hätte sich in einen Eisbären verwandelt und sei dann verschwunden. Niemand gab freilich zu, daß er an die alten Überlieferungen glaubte.

Nach der Wintersonnenwende, als die Sonne überhaupt nicht mehr auftauchte, war ich ziemlich deprimiert. Ich hatte keine Lust, mein Bett zu verlassen. Ich blieb meistens unter der Rentierdecke liegen und hörte Kassetten der Talking Heads, *La Bohème* oder der Dire Straits. Ich konnte nicht arbeiten. Manchmal spazierte ich mit Molly durchs Dorf oder zum Strand hinunter. Das gesamte Leben schien sich in Schattierungen zwischen Weiß und Grau abzuspielen. Die Boote waren aus dem Eis gezogen worden, die Hunde waren vor den Häusern angekettet, von deren Dächern Robbenteile hingen. Die Hunde heulten. Ich lebte allein auf einem völlig fremden Planeten. Abel meinte, mich hätte der Hüttenkoller erwischt. Die staatliche Fürsorgerin verordnete mir Antidepressiva, die ich nicht nahm, und gab mir einen Stapel von alten Ausgaben der Zeitschrift *People.* Der katholische Geistliche schaute vorbei, obwohl ich Atheistin war, und hielt mir die Hand, während wir laut Gebete sprachen. Er riet mir, ich solle nach Hause fahren zum Atemschöpfen. Aber ich war mir nicht mehr sicher, wo ich zu Hause war.

Der Flug dauerte sieben Stunden, ich mußte einmal die Maschine wechseln. Ich vergesse nie die Freudenschauer, die mich überkamen, als wir die Baumgrenze überflogen, dunkle Stoppeln, ein Dreitagebart auf dem glatten Gesicht der Erde. Wald.

Zwei Jahre später kam mein Vater nach New York geflogen, anläßlich meiner spontanen Hochzeit im kleinen Kreis. Er war vorher nie geflogen, und er hatte Angst. Eigentlich hatte er an der Zeremonie nicht teilnehmen wollen; er wollte meine Mutter schicken, denn die Geschichte ging viel eher sie und Robert etwas an. Doch Robert lag mit einem Leistenbruch im Krankenhaus, und Mum wollte sein Krankenbett nicht verlassen. Ich bereitete meinen Verlobten ein bißchen vor. »Dad ist ein britischer Dickschädel. Für ihn ist jeder Jude Schneider und heißt Mottl. Und er hat natürlich keine Ahnung, daß wir ein Kind erwarten.« In der Tat hatte niemand eine Ahnung davon, daß wir heiraten mußten. Wir heirateten aber vor allem deswegen, damit Bill uns alle unterhalten könne. Die kanadische Regierung finanzierte ein gutbezahltes, aber stumpfsinniges Forschungsprogramm im Norden.

Am Flughafen La Guardia war mein Vater in eine Unterhaltung mit einer schäbig gekleideten Frau vertieft. Um ehrlich zu sein, er sah nicht viel besser aus als sie. Die Leute blickten sich nach ihnen um. Ich umarmte ihn. Er war noch kleiner, noch zerbrechlicher geworden, sein Hemd war viel zu weit. Als er uns vorstellen wollte, gab ich ihm einen Schubs. »Dad, das ist eine Pennerin.«

»Tatsächlich?« sagte er, kümmerte sich aber nicht weiter darum. »Sie war gerade dabei, mir eine interessante Geschichte über eine Begegnung mit eurem jüdischen Bürgermeister zu erzählen.«

Eine Balletttruppe, lauter Mädchen im Teenageralter, stolzierte vorbei. »Die Hochfrisierten kommen«, sagte die Pennerin. »Seien Sie vorsichtig! Lauter Hochfrisierte!«

»Was sind das eigentlich, Hochfrisierte?« Ein Gepäckträger

eilte an uns vorüber. Dad hatte Schwierigkeiten mit dem Gleichgewicht, und die vielen Menschen machten ihn nervös. Aber er schob meinen Arm beiseite. Ich ging langsamer. Wir nahmen seinen mittelalterlichen Koffer vom Gepäckförderband.

Bill kreischte im Auto. »Mr. Nordstrom«, sagte er. »Ich bin Mottl, der Physiker.« Mein Vater fand ihn sofort sympathisch und fing an, von der Pennerin zu erzählen und von Bürgermeister Koch. Er war überzeugt davon, daß Bill ihn kennen mußte oder vielleicht gar mit ihm verwandt war.

Es war eine Hochzeit im denkbar engsten Kreis — wir waren zu dritt. Der Friedensrichter gab meinem Vater zu verstehen, daß er ihn nicht fragen würde: »Wer führt die Braut?« Dad meinte, ich stünde seit geraumer Zeit schon nicht mehr unter seiner Verantwortung, es sei auch nicht an ihm, mich in den Kampf zu schicken.

Wir aßen in einem leidlich feudalen Restaurant in Hicksville zu Abend, das sogar einen bewachten Parkplatz hatte. Überall hingen Gemälde herum, die Fuchsjagdszenen darstellten. Auf der Terrasse tummelte sich ein ganzer Zoo von Trinkern, die alle eine Spur zu elegant gekleidet waren. Es stellte sich heraus, daß sie einer weiteren Hochzeitsgesellschaft angehörten, die gerade dabei war, alle Bestände der Freiluftbar in sich aufzusaugen. Der Ober erzählte uns, für die Braut sei dies bereits der zweite Durchgang an diesem Austragungsort. Als sie sich dem Hochzeitshimmel für die jüdische Trauungszeremonie näherte, reckte Dad den Hals. Ihr Abendkleid schien aus den fünfziger Jahren zu stammen, lang und mit tiefem Ausschnitt. »Ein Prachtexemplar«, sagte Dad. Bill stand auf und beäugte die Dame ebenfalls.

Vom Restaurant fuhren wir zu einem Motel in Elmhurst,

Queens, dem Mittelpunkt der Welt, dem Schnittpunkt zwischen den beiden Flughäfen. Bill regelte die Anmeldung für uns und bestellte für den nächsten Morgen zwei Weckrufe. Im Lift drückte er meinem Vater die Hand und sagte: »Vielen Dank dafür, Vater, daß du dies Prachtexemplar großgezogen hast.«

»Es war mir ein Vergnügen«, sagte Dad, »aber um ehrlich zu sein, war das nicht gerade mein Verdienst.«

Bill stieg aus, und ich begleitete meinen Vater zu seinem Zimmer, einige Stockwerke über uns. »Hab ich richtig gehört?« fragte er. »Dein Rabbi hat mich tatsächlich ›Papa‹ genannt?«

»Du hast richtig gehört«, sagte ich. Ich ließ mich in einen Stuhl fallen. Wir hatten vor, am nächsten Tag für ein paar Tage nach Negril zu fahren, außerhalb der Hauptsaison. Die Reise war ein Geschenk von Papa. Er wollte gleich nach Vancouver zurückfliegen.

»Du hättest nicht kommen müssen«, sagte ich.

»Ich hätte, um nichts in der Welt, eure Hochzeit versäumen wollen.« Er streckte sich auf seinem Bett aus.

»Hast du keine Probleme mit dem Zeitunterschied?«

»Hab keine Probleme.« Er sah erschöpft aus. »Rechnen wir einmal nach! In Vancouver sind wir mit der Zeit zurück. Es ist dort jetzt neun Uhr abends. Meinst du nicht, daß du deine Mutter anrufen solltest? Sie könnte sich Sorgen machen.«

Ich schüttelte den Kopf. Von draußen war der Verkehrslärm von Manhattan zu hören. Eine Hupe ertönte und spielte die Melodie ›La Cucaracha‹. Das Hupgeräusch machte mich nervös.

»War das nicht ›La Cucaracha‹?« fragte Dad. »Sie haben aber auch *alles* in den Staaten.«

Ich schaltete die Klimaanlage ein, und wir lauschten ihrem Gesumm. Da saß ich nun an meinem Hochzeitsabend mit meinem Vater auf einem Bett, auf einem Schwingbett, in einem Motel in Queens.

»Ehe«, sagte Dad, »und ich bin sicher, daß du das während deiner langen und, wie ich hinzufügen darf, teuren Ausbildung begriffen haben dürftest, ist das schwierigste Unternehmen im Leben.«

»Es gibt keine glücklichen Ehen«, sagte ich. »Nur solche, die noch nicht auf die Probe gestellt worden sind.«

»Wer sagt das?«

»Ich«, sagte ich.

Das Telefon läutete. Dad strahlte. »Wer mag mich *hier* wohl anrufen?« Er nahm den Hörer ab und sah einen Augenblick verwirrt aus. »Hier gibt es keine Mrs. Stein«, sagte er. »Sie haben sich verwählt.«

»Aber Dad«, sagte ich. »So heiße ich jetzt.«

Er war ein bißchen verlegen und übergab mir den Hörer. Dann beugte er sich vor und tat so, als ob er die Gebrauchsanweisung für das Schwingbett studierte. Die Beschreibung war auf spanisch.

»Etagenkellner?« Bill war am Apparat. Er hatte offensichtlich eine Champagnerflasche geöffnet. »Beeil dich! Entweder schickst du mir auf der Stelle ein heißes Mädchen oder ich gehe in die Bar.«

»Phantastisch«, sagte ich und ließ ihn einen Moment zappeln. Dann sagte ich: »Geh zum Teufel!« Ich legte auf und atmete tief, lächelte und sagte zu meinem Vater: »Ich muß jetzt gehen.«

»Jetzt schon?«

»Dad«, sagte ich, »das ist immerhin meine Hochzeitsnacht.

Ich bin die Braut. Das ist mein großer Tag. Das ist eine große Sache.«

Er langte mit der Hand zum Kopfteil des Bettes und zog sich hoch. Wir schritten zur Tür hinüber. Ich bemerkte den Geruch von Holzfeuer, der seinem Sakko entströmte, ein Geruch von Heimat. Ein Einbrecher hatte unlängst seinem Haus einen Besuch abgestattet. Dad hatte im Bett gelegen. Er war in ein Buch über Schiffsfriedhöfe in British Columbia vertieft gewesen und hatte überhaupt nicht mitbekommen, daß im Erdgeschoß ein Fenster eingeschlagen worden war. Nichts war weggekommen. Es gab auch nichts zu stehlen. Die Polizei stellte fest, daß es sich um einen Obdachlosen gehandelt haben mußte, der ein Dach über dem Kopf suchte und glaubte, es handle sich um ein verlassenes Haus.

Wir umarmten einander lange und kamen kaum voneinander los. Er sagte nichts. Und ich sagte auch nichts. Es kam mir in den Sinn, daß ich ihm mein Baby entgegenstreckte, seinen einzigen Enkel. Aber ich sagte nichts und erzählte ihm auch nichts von dem, was ich in mir trug. Ich befreite mich aus seiner Umarmung. »Also dann«, sagte ich. »Du mußt morgen früh abreisen.«

»Ja«, sagte er. »Es ist schon spät.«

»So ist es«, sagte ich und zog mich zurück. »Also dann. Auf Wiedersehen. Und gute Reise!«

Ich zog die Eisentür hinter mir zu. Ich hörte, wie er sie hinter mir verriegelte. Nach drei Anläufen hatte er es geschafft, die Kette einzulegen.

Wasserleben

Im Juli besuche ich meine Mutter, und wir fahren direkt vom Busbahnhof zur Autowaschanlage, obwohl ihr Dodge nur so blitzt. Sie mag es, wie die Fahrrille die Reifen umfängt, wenn der Wagen im Leerlauf so dasteht, das heiße Wachs auf ihn tropft. Ein Angestellter der Tankstelle schließt das Tor der Waschanlage und empfiehlt ihr, den Fuß von der Bremse zu nehmen.

»Mir kommt es vor, als würde ich unterhalb des Meeresspiegels fahren«, sagt Mum. »Ich habe schon immer gewußt, daß die Flossen an diesem alten Dodge einen Sinn haben müssen.«

Strähnen aus Schwamm umzüngeln den Wagen, Seifenwasser spritzt, riesige Bürsten brummen über uns, gleiten über die Motorhaube, das Dach und die Seiten. Ihre Hände hängen über dem Lenkrad, und sie starrt geradeaus vor sich hin, obwohl sie durch die eingeschäumten Scheiben eigentlich gar nichts sehen kann. »Manchmal fahre ich jeden Tag hierher«, gesteht sie.

»Warum so oft?«

»Einfach so aus Spaß.« Sie blinzelt zu mir herüber. »Es ist ziemlich dunkel hier.«

Ein riesiger Staubsauger trocknet von oben den Wagen nach der letzten Spülung. Wir schauen zu, wie die Wassertropfen die Windschutzscheibe hinaufkriechen und verschwinden. Sie erzählt mir, wie dieser Saugapparat häufig einen Kopfschmerz aus ihren Schläfen herauszieht. Und ich erzähle ihr davon, daß mein Mann einen ähnlichen Trick kennt. Bill drückt seinen Mund sanft auf meine Stirn und nimmt den Schmerz einfach weg. Wir lachen darüber. Als es wieder Licht wird, startet sie den Wagen, und wir fahren nach Hause. »Schade, daß es nicht länger gedauert hat«, sagt sie.

Wir sitzen auf der Terrasse und schauen zu, wie der Rasensprenger vor und zurück geht, mal in der Sonne, mal im Schatten. Ich bin auf dieser Terrasse aufgewachsen. Im Winter habe ich sie unter Wasser gesetzt und dann für die Rink Cadettes trainiert, habe Schlittschuhlaufen geübt bis zum Umfallen. Wir trinken Ginger Ale und warten, bis es Zeit ist, das Abendessen zuzubereiten.

»Erinnerst du dich noch daran, wie du in deinem Geburtstagskleid durch den Sprinkler gerannt bist?«

»Na klar.«

»Weißt du noch, wie du immer in Roberts Gummischuhen durch den Rasensprenger gelaufen bist?«

Damals konnten sie sich nicht einmal ein Planschbecken leisten. Jetzt denken Mutter und Stiefvater daran, einen richtigen Swimmingpool im Hof bauen zu lassen, auf Kredit, versteht sich, obwohl der Sommer in Vancouver kurz und flüchtig ist. Die Enkel werden es ihnen danken.

»Wie fühlst du dich, Adele?« Sie meint damit meine Schwangerschaft.

»Ich fühle es mit meiner Hand.« Ich sehe zu ihr hinüber. Aber sie bekommt den kleinen Scherz nicht mit. »Ausgezeichnet. Ich habe andauernd Lust auf Pizza.«

»Habt ihr schon über Namen nachgedacht?«

»Bis jetzt nicht.«

Ich besuche meine Mutter, weil sie mir das Mutter-Sein beibringen will. In gewisser Weise stellt sie sich vor, sie könne ihre Intuition und ihre Fähigkeiten von sich abreiben und auf mich übertragen, einfach und sanft wie duftendes Öl. Ich frage sie aus, wie das so zugeht bei Entbindungen — sollte ich mich lokal betäuben lassen, ein Stückchen von der Nabelschnur aufbewahren, in die Nabelschnur beißen, sollte während der Entbindung Musik spielen?

»Jede Geburt ist anders«, sagt sie. Sie ist glücklich über ihr Sachverständnis. »Du wirst schon selbst alles merken, wenn es soweit ist.«

Die Wirbelsäule von Mum wird kürzer, sie zieht sich zusammen wie ein nasser Zopf. Unsere Körpergröße stimmt nicht mehr überein wie früher — ich beuge mich leicht über sie und betrachte ihren wacklig gezogenen Scheitel. Wir hatten zuvor in der Küche Mais geschält. Dabei fragte sie mich: »Adele, hast du auch gespürt, wie sich der Boden bewegt hat?« Ich verneinte. Aber die Erdbebenrinne *reichte* in den Norden bis nach Kanada. Wir waren schon längst fällig. »Manchmal verliere ich das Gleichgewicht«, gestand sie und zog ein grünes Blatt ab. »Ich bin sicher, unser Planet gerät aus den Fugen.«

Sie ist jetzt fünfundsechzig Jahre alt, mein Stiefvater dreiundfünfzig. Dieser Altersunterschied bedrückt ihren Schlaf, ihr Gesicht. Jeden Abend beim Zubettgehen versucht sie, die Hände voller kalter Lanolincreme, ihrer Haut die frühere Festigkeit abzuschmeicheln. »Das hält mich in Trab«, sagt sie stolz.

Wir hören das Brummen der Rasenmäher. Sie klingen wie ein kleiner Krieg in der Ferne.

Mum stellt mich dem Leiter ihres Töpferkurses vor. »Das ist meine Tochter Adele, sie wird auch bald Mutter sein.« Sie spricht, als wäre Empfängnis der einzige denkbare Erfolg in unserer Familie.

Sie zeigt mir, was sie gemacht hat: zwei weiße Antilopen für den Kaminsims und außerdem Krüge mit den Namen unserer Familienmitglieder — June, Robert, meine Schwester Irene und Joyce, meinen Bruder Ray; die Krüge für Bill und für mich müssen erst noch poliert werden; sie hat einen Blumenübertopf in Form eines Nilpferdes gestaltet, zwei glasierte Pfeffer- und Salzstreuer auf Hühnerfüßen und ein Gefäß in Form eines Storches für Wattestäbchen.

»Mum, hast du eigentlich mal versucht, etwas auf der Töpferscheibe zu machen? Etwas zu drehen?«

»Nein.«

»Vielleicht solltest du es einmal versuchen.«

»Ich male alles selbst an«, betont sie. »Dies verdammte Nilpferd hat mich drei Tage gekostet.«

Eine Gruppe von Schulkindern kommt zum Brennofen herübergetrottet. Sie haben allerlei Tintenfische gemacht, als Badezimmerkacheln. Sie wollen das Brennen ihrer Objekte verfolgen. Ich sehe mich um und bemerke, wie sich meine Mutter glücklich zu den Siebenjährigen hinunterbeugt und mit ihnen zusammen in den Ofen schaut.

Eines Abends nach dem Essen frage ich meine Mutter, ob sie nicht einmal wieder Klavier spielen wolle. Mum spielt ohne Noten, auswendig, sie spielt Melodien, hoch oben, auf den Hilfslinien. Ich frage mich immer wieder, woher ihr Kopf weiß, wann jeder einzelne Finger eine Pause einlegen muß. Wie sie es schafft, sich mit mir darüber zu unterhalten, wo meine Handschuhe sein könnten, und gleichzeitig ihre Hände etwas anderes suchen zu lassen, schwarze Tasten zum Beispiel.

Als ich klein war, spielte sie bei Modenschauen, Abschlußfeiern von Krankenschwestern, sie spielte bei Empfängen, in Varietés. Sie ließ Karten mit einem in Gold geprägten Notenschlüssel verteilen: *June würde sich freuen, für Sie zu spielen, was Sie wünschen.* Sie kleidete sich je nach Anlaß. Sie trug Überkleider aus Baumwolle und mit Lederriemen, wenn ein Abend in den Tropen angesagt war, einen schokoladenfarbenen Hosenanzug bei Trauerfeiern und ein Straßdiadem am Silvesterabend.

Sie schloß Verträge mit Unternehmen wie *Tiki Tai, Town and Country, Coconut Grove* oder *Elk's Club* ab. Mir war schon klar, daß das nicht gerade Etablissements waren, die in den Hollywood-Klatschblättern vorkamen. Aber ich war überzeugt davon, daß es sich um honorige Lokalitäten handelte, um anerkannte Treffpunkte im Lower Mainland, um Zweigniederlassungen einer amerikanischen Kette. Als ich dann älter geworden war und meinen Führerschein hatte, fand ich heraus, daß diese Nachtlokale ziemlich abgelegen waren, jenseits des Stadtrandes sozusagen. Das *Tiki Tai* heißt heute *O. K. Corral*, das *Town and Country* ist eine Obenohne-Bar, die anderen sind abgebrannt.

Von einem bestimmten Alter an hatte ich keinen Kontakt zu Onkeln und Tanten. Ich kannte nur Kellner, Geschäftsführer und diverse Ersatzschlagzeuger (der Stammschlagzeuger meiner Mutter hatte einen Herzinfarkt erlitten). Mum und Robert luden manchmal zu einem Abendessen ein, aber nur Leute vom Personal der Nachtlokale, keine anderen Musiker und schon gar keine Verwandten. Mein Bruder Ray traf sich mit einem Garderobenmädchen, das meine Mutter kannte. Mutter machte ihn auch mit Tänzerinnen einer polynesischen Truppe bekannt. Es kam gar nicht selten vor, daß Blütenkränze am Griff seiner verschlossenen Tür baumelten.

Während Mum spielte und spielte, fuhren mein Stiefvater und ich in die Autokinos. Wir sahen *The Manchurian Candidate*, *The L-Shaped Room* und etliche Folgen der *Flipper*-Serie. Wir spielten auch Ratespiele, wenn wir unterwegs waren, um sie abzuholen. Wir benützten die Werbeplakate und Neonreklamen als Ausgangspunkte. Robert fragte beispielsweise: »Was ist das, ein vergnügtes Schwein?« Kaum hatte ich die großen Leuchtbuchstaben zwei Block vor uns erspäht, sagte ich: »Buckingham Cigarettes.« Da wir immer wieder denselben Weg fuhren, konnte man sich die möglichen Fragen bereits im voraus ausmalen. Das Spiel wurde allmählich langweilig. Wir verfolgten statt dessen die Quizspiele im Autoradio. Der Moderator nannte alle Anruferinnen automatisch ›Puppe‹ und ließ sie über Gerda Munsinger lamentieren, eine deutsche Spionin, die mit allen möglichen Kabinettsmitgliedern herumgeschlafen hatte. Von dieser Sendung an nannte Robert meine Mutter ›Puppe‹.

Im Jahr 1965 wurde der Vertrag mit dem *Simon Fraser Dining Room* nicht verlängert. Dieser Auftrittsort war besonders elegant, vor allem lag er in der Innenstadt. Mum weinte bittere Tränen auf ihrem Klavierschemel zu Hause. An ihrer Stelle war eine Sue Kim oder eine Kim Lu engagiert worden, eine Asiatin jedenfalls, die das klassische Repertoire beherrschte. Sie war zweiundzwanzig.

»Von jetzt an werde ich der Mann in der Familie sein«, sagte Robert. »Du mußt nicht mehr arbeiten.«

»Die denken wohl, ich bin zu alt«, sagte sie.

Er telefonierte mit der Musikergewerkschaft und mit einem konkurrierenden Abendrestaurant. Ray und ich fuhren in seinem Kombiwagen zu einem Lebensmittelmarkt und kauften was zum Rauchen und Doughnuts. Ray erzählte mir, daß Mum geradezu nach Roberts Zuwendung winselte.

Als wir von unseren Einkäufen zurückkamen, übte Mum auf dem Klavier Tonleitern — große, kleine, chromatische Tonleitern —, sie glitt die Tasten auf und ab, den ganzen Nachmittag lang.

Am Abend sagt sie schließlich: »Vielleicht hast du das eine oder andere früher schon einmal gehört«, und spielt, um mich auf die bevorstehende Entbindung einzustimmen: *I Can't Give You Anything But Love, Baby, Yes Sir, That's My Baby, Baby Face.*

Sie hat immer noch diesen Zug.

»Du bist jetzt Gast hier«, erklärt Mum, obwohl ich hier geboren und aufgewachsen bin. »Du bist jetzt oben im Norden zu Hause.«

»Ich lebe nicht ›oben im Norden‹. Das ist nur eine Tagesfahrt von hier.«

»Osoyoos ist oben im Norden«, sagt sie und schlägt vor, ein bißchen aus Vancouver hinauszufahren. Sie läßt mich nicht ans Steuer, erklärt, ich könne mit der Automatik nicht richtig umgehen, ich passe ohnehin nicht mehr hinter das Lenkrad.

Wir halten beim Planetarium. Sie wählt eine Postkarte für Bill aus, der zur Zeit am Observatorium von Manitoba arbeitet. Sie ist auf eine Abbildung der Krebsnebel gestoßen, eine vergrößerte Darstellung aus dem Weltraum. »Schick diese

Karte deinem Sternengucker!« schlägt sie vor. Wir beide formulieren unsere Botschaften, indem eine immer das letzte Wort der anderen aufnimmt und daraus einen neuen Satz bildet.

»Warum fahren wir nicht auf die Höhenstraße und genießen die Aussicht?« frage ich. »Heute ist kein Nebel.«

Sie wählt die Panoramastraße, sie fährt am Meer entlang — wir gelangen zu meinem alten Stammplatz, dem Nacktbadestrand, und zu den Familienbadestränden Locarno und Jericho. Als wir beim nördlichen Strand ankommen, kennt Mum sich plötzlich nicht mehr aus. Sie fährt mal links, mal rechts herum, fängt an, unsicher zu werden, und folgt schließlich einem Pfeil, der geradewegs aufwärts weist. »Ich hatte geglaubt, ich könnte hier im Schlaf fahren«, sagt sie. »Fahren wir tatsächlich nach oben?«

»Ja.« Wir fahren nach oben. Die Automatik hat heruntergeschaltet. Die Luft ist hier frischer. Ich entdecke sogar einige Schneeflecken oberhalb von uns, auf dem Grouse, aber sie ist immer noch vollkommen verloren. Und sie will sich nicht helfen lassen.

Meine Mutter fährt schließlich auf einen höheren Hügel zu, der näher bei unserem Haus liegt und leicht erreichbar ist. Der Ausblick ist nicht aufregend, nur weit. Mum behauptet, sie könne die Gulf Islands sehen, in dreißig Kilometer Entfernung. Mein Blick reicht nicht so weit.

Eines Abends blättert Robert mein Schwangerschaftsbegleitbuch durch und findet es ziemlich lustig. Er breitet Matten auf dem Rasen aus, und wir machen gemeinsam Gymnastikübungen — Mum, er und ich. Wir legen uns auf den Rücken und ziehen unsere Knie an bis zur Stirn. Wir atmen gemeinsam ein und entspannen uns, indem wir bestimmte Körperteile anspannen und wieder entspannen — Handgelenke, Gesäß, Schultern. Diese Übungen dauern zehn Minuten, wir turnen intensiv. Als wir aufhören, schnauft Robert mit offenem Mund.

Mum und ich gehen ins Haus. Sie reicht mir zwei Stricknadeln, die in einem Knäuel weicher Wolle stecken. »Er strickt einen Babyschuh für dich«, erklärt sie.

»Für mich?«

»Für das Baby. Und ich stricke den andern.«

Ich kann es nicht glauben, ich kann mir nicht vorstellen, wie er mit seinen Hafenarbeiterpratzen die Stricknadeln handhabt. »Seit wann strickt er denn?«

»Ganz neuerdings«, sagt sie. »Manchmal ist er noch nicht müde, wenn ich schon hinüber bin. Und er findet es eigentlich egal, ob er Maschen oder Schafe zählt.« Sie fügt hinzu: »Ich habe das Modell ausgewählt.«

Ich gehe nach oben. Ich will vor ihnen ins Bett gehen. Ich höre noch, wie sie über den Kauf eines neuen Toyota diskutieren, während sie den Abwasch machen. Robert trocknet ab und redet über den Eintauschwert des alten Autos. Ich falte die Hände über meinem Bauch und spreche sanft zu meinem Baby. »Du warst einmal eine kleine Knospe, und jetzt hast du Arme und Beine, kleiner Wellenreiter. Du hast jetzt Augenlider und Zehennägel.« Ich bin ganz sicher, daß das Baby mich hören kann, drei Monate vor seiner Geburt. Meine Mutter sagt, Babys im sechsten Monat seien bereits lichtempfindlich. Sie hat irgendwo gelesen, daß Babys bereits zwischen Tag und Nacht unterscheiden können, bevor sie es mit den Augen sehen können.

Ich höre, wie Mum die Nachrichten einschaltet. Ich mache

mir Gedanken darüber, daß meine taktlosen Nerven womöglich alle Eindrücke ungefiltert in das Fruchtwasser übertragen. Es überkommt mich ein Gefühl von Traurigkeit, während ich die Rosenstöcke meiner Mutter berühre. Und ich bin ganz aufgeregt, als das Telefon läutet. Ich wünsche, Bill möge anrufen und mitteilen, daß bei ihm alles in Ordnung sei. Ich mache mir Gedanken darüber, was mein Baby davon alles mitbekommen mag.

Meine Mutter weckt mich. »Du hast schlecht geträumt.« Sie schüttelt mich an den Schultern. »Adele, es ist alles in Ordnung.«

Ich setze mich schlaftrunken auf und sehe sie auf der Bettkante. Ich bin in meinem alten Zimmer, das mir allerdings nicht mehr recht vertraut ist ohne meinen Krimskrams: ohne die Seesterne, meine Bücher über Schamanismus, ohne Totempfähle. Es ist jetzt eine Abstellkammer, leer, bis auf die Töpfe mit den Efeuablegern. »Ich habe keine Alpträume.«

»Aber ich habe dich gehört«, sagt sie. »Du hast im Schlaf geschrien.«

»Verdammt, Mum, du hast mich aufgeweckt.« Ich lege mich wieder hin.

»*Du* hast mich aufgeweckt.«

»Wahrscheinlich hat ein Zug gepfiffen.«

»Du warst es.«

Ich bin sicher, daß ich es nicht war. Ich erinnere mich dunkel, daß ich von Bill geträumt habe und von einer Autofahrt durch Wyoming. Ich bin sicher, daß sie mich absichtlich aufgeweckt hat.

»Komm, wir trinken einen Tee«, schlägt sie vor. »Das wird dir guttun.«

Wir schlurfen in unseren Hausschuhen hinunter, machen Tee und essen Zimtbiskuits. Sie erinnert mich daran, wie ich früher mit anderen Menschen im Schlaf gekämpft habe. Wie sie und Robert das Licht in meinem Zimmer ausgemacht haben, wie sie den Hund mit einem Keks in seinen Korb gelockt haben und ich dann schrie »Gib Ruhe!« oder »Fahr zur Hölle, alte Glucke!« und Groucho zu bellen anfing.

»Wer hat dich denn so aufgeregt?«

Ich habe keine Ahnung. Ich bin müde und möchte ins Bett zurück. Aber sie ist hellwach und hat das Bedürfnis zu reden — über das Liebesverhältnis von Ray, über den Brunch zu Ehren der Töchter der Kaufmannsgesellschaft, und wie sehr sie dafür üben müsse.

Gegen zwei Uhr morgens kommt sie mit einer kleinen Porzellandose und stellt sie vor mich hin. Sie öffnet sie und breitet kleine Backenzähne, Eckzähne und Schneidezähne neben unseren Tassen aus. Sie erklärt mir, das seien meine ersten Zähne.

»Du machst Witze«, sage ich.

»Nein«, flüstert sie. »Ich habe alle eure Zähne aufgehoben.«

Am folgenden Morgen fragt mich Mum, ob ich mit ihr zum Schwimmunterricht kommen wolle. Er findet im selben Gebäudekomplex statt wie ihr Töpferkurs. Das Fitneßcenter bietet mehrere Programme für ältere Leute an. Mum hat sich auch in einen Kurs für Square Dance eingeschrieben. »Do-si-do« ruft sie mir zu, als sie aus dem Badezimmer herauskommt, Rücken an Rücken wechseln wir die Plätze.

Morgen werde ich den Bus ins Hinterland nehmen, nach Hause. Mir fällt ein, daß ich bisher weder meine Schwester Irene noch meinen Bruder Ray noch meinen Einsiedlervater angerufen habe. Ich habe die ganze Zeit mit ihr und Robert verbracht. »Ja, ich werde mitkommen zu deinem Schwimmkurs.«

Ich war in der Unterstufe der High School, als meine Mutter aufgehört hat, ernsthaft Klavier zu spielen. Nur noch zum Zeitvertreib, sagte sie. Sie trat freiwillig beim Weihnachtskonzert auf und brachte mich mit dem vielen Haarspray, den sie verwendet hatte, in Verlegenheit. Sie tauchte beim Betriebsausflug der Ölgesellschaft auf, als unerwünschte Anstandsdame, und meckerte, als ich mich nicht neben sie setzte. »Eines Tages wirst du dir von Herzen wünschen, du könntest neben deiner Mutter im Bus sitzen«, sagte sie, als sie sich neben mich quetschte. Früher einmal hatte sie vorgeschlagen, mich von der Schule abzuholen und mit mir einen Milchshake zu trinken. Als ich sah, wie sie in ihrem Wagen ankam, versteckte ich mich hinter einer Hecke und winkte lässig, als sie besorgt den Wagen verlangsamte.

Sie machte Einkäufe und brachte Blusen mit großen verrückten Schleifen heim oder Hüte, die vielleicht in der Antarktis ein Renner sein mochten, Pelzsachen, die ich nicht anziehen wollte, oder Socken mit einzelnen Zehen. Sie entschuldigte sich dann und meinte: »Mag sein, daß ich Geschmack nur auf der Zunge habe.« Zu meinem letzten Geburtstag schickte sie Bettlaken mit Snoopy-Motiven. Sie schrieb dazu: »Wenn du und Bill sie nicht haben mögt, könnt ihr sie zurückschicken. Ich habe noch den Kassenbon.«

Sie packt ihre Tasche für die Schwimmstunde: ein flauschiges Badetuch, einen Fön, Shampoo und Haarfestiger, ihre Badekappe, den Badeanzug mit ihrem Schwimmerabzeichen gut sichtbar auf der Brust und eine gänzlich überflüssige Schwimmbrille. Sie hatte bis dahin noch gar nicht gelernt, wie man den Kopf unter Wasser taucht und die Augen offenhält.

Im Schwimmbad geht sie mit anderen älteren Damen in den Umziehraum. »Hallo, June«, sagen sie. »Heute ist es wieder heiß.« Sie genießen das Ritual mit den Badetaschen und den Umkleidekabinen und dem Schwimmlehrer, der ihnen erklärt, was sie machen sollen.

Ich beobachte meine Mutter beim Umziehen. Ihr Bauch ist schwabbelig, ihre Beine sind von blauen Venen gesprenkelt, von den Schenkeln bis zu den Fersen. Sie kämpft mit ihrem Badeanzug. Ich helfe ihr beim Rückenteil.

»Adele, willst du nicht auch kurz untertauchen?«

Die anderen Damen pflichten ihr darin bei, daß das Bad erfrischen würde. »Aber streng dich nicht zu sehr an, Liebling!« Mum fragt den Schwimmlehrer, ob das mit meinen Shorts und dem Oberteil in Ordnung sei, und meint, das würde schon gehen. Das Wasser würde entspannen.

Die Teilnehmerinnen des Schwimmkurses sind zunächst nicht sehr aufmerksam. Sie hüpfen im Becken auf und ab, schwatzen über ihre Gärten und machen sich über die Bewässerungsvorschriften lustig. Mum spritzt verspielt in meine Richtung.

Der Schwimmlehrer läßt sie Längen schwimmen, sie dürfen dabei Bretter benützen. Mum strampelt wie all die anderen und durchquert langsam das Bassin. Diese älteren Frauen sind wirklich keine Wasserwesen, sind mehr auf dem Land als im Wasser zu Hause. Sie tummeln sich in der sanften Strömung, die sie selbst erzeugen, paddeln einfach, bewegen nur die Knie und vergessen dabei, sich vorwärts zu bewegen. Ihre Knochen sind mürbe. Wenn man sich im Alter von sechzig Jahren etwas bricht, heilt das nie mehr richtig. Einige von den Damen drehen sich auf den Rücken und lassen sich treiben.

Heute sollen sie die Grundbegriffe im Brustschwimmen lernen. Mum hat schon davon gesprochen — wie schwierig es sein würde, Arme, Beine, Lunge aufeinander abzustimmen. »Wenn Sie gleiten«, erklärt der Schwimmlehrer, »heben Sie Ihr Kinn ein wenig und atmen ein. Und wenn Sie nach vorn stoßen, atmen Sie wieder aus.«

Ich sehe zu, wie meine Mutter das Schwimmbassin durchquert und mich hinter sich läßt. Sie atmet unregelmäßig und schnell. Das Schwimmbrett stützt ihren Oberkörper, eigentlich bewegen sich nur ihre Beine, ihre Arme reichen verkrampft nach vorn. Ich bin jetzt aufgewühlt. Mir kommt in den Sinn, daß wir uns alle im selben Wasser befinden. Ich fühle, wie mein Baby in mir schwimmt, ich sehe meiner Mutter nach, wie sie sich auf die andere Seite bewegt. Und ich befinde mich dazwischen, eine Art Rettungsschwimmer im seichten Wasser.

Weiße Schultern

Meine älteste Schwester heißt Irene de Haan, und sie hat nie jemandem etwas zuleide getan. Sie hat Krebs, gegenwärtig im Stadium der Remission, und ist immer noch mit demselben unscheinbaren Belgokanadier verheiratet, einem Bremsenfachmann. Ihre Beziehung dauert nun schon dreißig Jahre. In dem zusammenkrachenden Familienreich war die Verbindung zwischen Irene und Peter, in den Augen unserer Mutter, so ein Einzelerfolg gewesen — ruhig, selbstverständlich, bis zu dieser Tragödie.

Ich flog damals, im Spätsommer 1984, von New York nach Vancouver, um bei meiner Schwester zu sein, damals, als sie in die Klinik eingeliefert wurde und man ihr die linke Brust amputierte. Wir hatten einander seit vier Jahren nicht gesehen. Meine Abendkurse ›Englisch als Fremdsprache‹ würden erst wieder Mitte September beginnen, ich war frei, hatte keine wirkliche Verpflichtung, gemessen an den anderen Mitgliedern der Familie. Während der vergangenen Monate hatte Peter seinen ganzen Urlaub und alle sonstigen freien Tage, die ihm zustanden, aufgebraucht, um sie zu allen möglichen Untersuchungen zu begleiten. Schließlich mußte er wieder zur Arbeit. Es galt, Hypotheken abzuzahlen. Jill, ihr einziges Kind, war gerade siebzehn geworden. Sie war in die letzte High-School-Klasse gekommen. Bis zum Beginn der Oberstufe war Jill eine von diesen außergewöhnlich vielseitigen Jugendlichen gewesen — sie nahm Unterricht in Turmspringen, Wasserballett, Zeichnen und Schauspiel, machte samstags mit einer Horde von gleichfalls verrückten Freundinnen Jagd auf Jungen im Einkaufszentrum. Dann, über Nacht, so Irene, wurde Jill völlig unsportlich, zog sich zurück, interessierte sich nur noch für Bücher — eine akademische Drohne. In keinem Stadium ihrer Krankheit wollte Irene, um Jills und Peters willen, daß sich an ihrem Leben etwas änderte. Sie wollte, daß alles so normal wie möglich weiterginge. Wer wollte das nicht!

In gewisser Weise, das mag herzlos klingen, paßte das alles zeitlich bestens zusammen. Im Frühsommer hatte mein Ex-Gatte einen befristeten Lehrauftrag auf der anderen Seite des Landes angeboten bekommen. Nach einem langen Abendessen in unserer chinesischen Stammkneipe verständigten wir uns darauf, unsere Vereinbarungen über das Sorgerecht für eine bestimmte Zeit abzuwandeln. Mit seiner neuen Geldquelle im Hintergrund hatte Bill vor, in Kalifornien für neun Monate ein Haus zu mieten und die Kinder fürstlich zu betreuen. »Das reinste Schlaraffenland«, sagte er.

Ich war nur zu sehr damit einverstanden. Und dann fehlten mir die Kinder. Ich fand mich plötzlich untertags zu Tode erschöpft in Janes unterem Bett wieder. Oder ich fügte mich der Leidenschaft meines sechsjährigen Sohnes — die auch Bills Leidenschaft war — und schaltete spätnachmittags die Sendung *People's Court* ein. Mir schmerzten die Arme, wenn ich Frauen gewahrte, die klebrige Hände in ihren Händen hielten und tobende Kinder in der Augusthitze hinter sich herschleppten. Ich flog also in den Westen. Um wieder Mutter zu sein, hatte ich Irene scherzhaft am Telefon gesagt. Ich würde mich dort nützlich machen, wo ich gebraucht wurde.

Peter kam mit etwas Verspätung zum Flughafen, als er mich abholte. Wir umarmten einander nur flüchtig. Dann nahm er mein Gepäck und ging voraus in den Regen. Sein Datsun war in zweiter Spur geparkt, die Warnlichter blinkten. Auf dem Rückfenster war ein handgemaltes Schild befestigt: *ANFÄNGER.* »Wegen Jill«, sagte er, während er das Gepäck in den Kofferraum lud. »Irene hat ihr das Fahren beigebracht. Jill kann jetzt die Einkäufe erledigen. Sie kann sich zur Abwechslung ein wenig nützlich machen.« Ich stieg ein, er stellte leichte Hintergrundmusik im Autoradio ein, wir fuhren nordwärts, in Richtung der grauen Berge.

Irene war in ihn verliebt, seit ich noch ein Kind war. Während des Zweiten Weltkriegs hatte er in Belgien seine Eltern verloren. Unsere Mutter und Irene empfanden Mitleid mit ihm. Er erinnerte uns an den Franzosen Emile in *South Pacific.* Er ergraute, wurde immer autoritärer und schien immer unverstanden. Nach und nach hatte sich sein europäischer Charme verbraucht. Im Lauf der Jahre erschreckten mich Peters Rassismus und seine kleinliche Herrschsucht. Manchmal hätte ich gewünscht, Irene würde ihn einfach stehen lassen und sich einem zärtlicheren Ernährer zuwenden, einem bodenständigen. Niemand in der Familie teilte meine Ansicht. Mum wies gar darauf hin, ich sei bitter geworden, nachdem meine eigene Ehe gescheitert war.

»Also, wie geht's ihr?« fragte ich schließlich Peter.

»Sie hat sich erkältet«, sagte er. »Aus lauter Angst wird sie krank. Über das andere läßt sich schwer etwas sagen.« Er sprach verhalten. Er sagte, ihre Aussichten seien schlecht, der Knoten sei ziemlich groß, sie leide an einer Krebsart, die schnell wachse. »Aber sie glaubt, der pakistanische Kurpfuscher wird es schon packen, wenn er sie operiert«, sagte er.

Ich saß schweigsam auf meinem Platz. Dann sagte ich: »Und wie geht es Jill?«

»Griesgrämig«, sagte er. »Bissig.« Ich schwieg wieder, und er schwieg ebenfalls.

Wir fuhren in die Garage des Backsteinhauses, in dem sie seit Jills Geburt wohnten. Er winkte mich zu sich heran, während er das Gepäck auslud. Das Haus erschien mir kleiner als früher, hingeduckt unter großen Douglasfichten und eingerahmt von Blumenkästen, bestückt mit grellen rosa Geranien und Schleierkraut.

Die hintere Tür war offen, ich trat ein. Die Tür des Elternschlafzimmers war angelehnt. Ich klopfte trotzdem. Irene war nicht im Zimmer. Jill rief: »Tante Adele?« Ich eilte zur Eingangshalle und steckte meinen Kopf beim Gästezimmer hinein.

Eine bleiche Ahnung meiner Schwester lag im Dunkeln auf einem Wasserbett. Ich ließ mich vorsichtig nieder und verursachte leichte Schwingungen. Sie war dünn wie eine feine Kette. Sie erweckte den Eindruck, als könne ihr Fleisch den Knochen kaum noch den Gefallen tun, mit ihnen zusammenzuhalten. Ihr blondes Haar war kurz geschnitten. Sie sah ziemlich durchschnittlich aus, wie eine Matrone mittleren Alters, die vermutlich in einer Bank angestellt war und irgend etwas in einem Patentordner ablegte. Ich versuchte nochmals, sie innig zu umarmen, es fiel mir schwer. Der Kleiderschrank hinter uns war voll mit ihren altmodischen Kleidungsstücken — Flanell und Geblümtes. Ich begriff, daß sie jetzt in diesem Raum lebte. Sie schlief allein hier. Sie kuschelte sich nicht mehr an Peter. Sie schliefen nicht mehr miteinander.

»Klammer dich nicht so an!« sagte Irene langsam, aber mit

warmer Stimme, wie früher. »Werd nicht melodramatisch! Ich sterbe schon nicht. Es ist nur eine Erkältung.«

»Tante Adele«, sagte Jill.

Ich wandte mich um. Mir war entfallen, daß meine Nichte auch hier war. Sie saß auf dem Bett, gegen ein Kissen gelehnt. Wir küßten uns lautstark zur Begrüßung, das war so Brauch zwischen uns. Sie ließ ihre Hand auf Irenes Schulter liegen und stammelte irgendwelche Antworten auf meine Fragen nach ihren Sommerferien und über die Schule. Irene sah mit einem Auge zum Fernseher hinüber, dessen Ton abgestellt war. Es wurde das US-Open übertragen. Irene hatte sich nie für Tennis interessiert. Ich begriff, daß sie über keine überschüssige Kraft für Gespräche verfügte. Dies war Schonung, nicht Unhöflichkeit.

Jill hatte sich verändert. Der Wandel in Erscheinung und Auftreten ging weit über das hinaus, was das Drama Pubertät üblicherweise so mit sich bringt. Sie schien eine andere geworden zu sein: scheu, unsicher, konnte mir nicht in die Augen sehen. Sie trug eine Nickelbrille, kein Make-up, Jeans und ein gedeckt grünes Sweatshirt in Übergröße. Sie hatte einige Kilo zugenommen. Ihr glattes strohblondes Haar wurde von einer Spange in Schwanenform zusammengehalten. Der Schwan sah niedergeschlagen aus. Wenn sie Irene ein Glas und eine Tablette reichte, die diese schließlich runterschluckte, und wenn Irene das Glas zurückgab, dann trank Jill ebenfalls. Sie wirkte auf mich, als gäbe sie sich alle Mühe, das Glas so lange zu drehen, bis sie genau an jener Stelle ankam, die auch die Lippen ihrer Mutter berührt hatten.

Peter kam ins Zimmer und setzte sich neben Jill aufs Bett. Er hob beide Arme hoch und verschränkte sie, bis sich die

Rückseite seines Hemdes hochschob. Er entblößte seine rötliche, haarlose Haut und sagte: »Kratz mich hier!«

»Aber ich seh mir doch gerade Tennis an«, sagte Jill sanft.

»Aber du bist meine Tochter«, sagte er. »Und es juckt mich hier.«

Peter warf Irene einen Blick zu. Sie stupste Jill in die Seite. »Nun tu deinem armen Vater schon den Gefallen!« sagte sie. »Du mußt dazu nicht einmal aufstehen.«

»Aber ich sehe mir doch gerade etwas an, oder?« sagte Jill. Sie blickte ratlos umher und suchte nach einem Verbündeten.

»*Vrouw*«, erhob Peter seine Stimme. »Dieses Mädchen, es macht nichts anderes, als schlecht gelaunt zu sein, essen, schlecht gelaunt sein und essen.«

Jill ließ die Schultern hängen, als hätte alle Luft ihren Körper verlassen, und stand langsam auf. »Wir sehen uns später noch, Tante Adele«, flüsterte sie. Und ich sagte: »Ja, natürlich.« Dann verließ sie das Zimmer.

Irene sah Peter trübselig an; er machte ein verstocktes Gesicht — ließ seine Lippen schief nach unten hängen. Dann langte sie zu ihm hinüber und begann ihm den nackten Rücken zu kratzen. Es kostete sie große Anstrengung. »Hab Geduld mit Jill!« sagte sie. »Sie macht sich Sorgen wegen der Operation.«

»Sie hat Angst davor, daß du nicht mehr für sie da bist«, sagte Peter, »daß du dich nicht mehr um sie kümmern kannst.« Dann wies er sie an: »Etwas weiter oben!« Irene ließ ihre Finger gehorsam etwas höher wandern. »Erzähl Adele, was Jill gesagt hat!«

Irene schüttelte den Kopf. »Ich kann mich an nichts erinnern.«

Peter wandte sich mir zu: »Als Irene ihr von ihrem Krebs erzählte, sagte sie: ›Mum, stirb mir ja nicht, oder ich bring dich um!‹ Sie sagte das ganz im Ernst. Kannst du dir das vorstellen?« Peter lachte hemmungslos, Irene stimmte ein, aber ihr Lachen klang gezwungen. Aus ihren Augen sprach alles andere als wiedergefundene Freude. Es schien eher, als wollte sie Peter nicht allein lachen lassen, damit er nicht so töricht dastand. »Stirb ja nicht, oder ich bringe dich um!« sagte Peter.

Irene war über ihre Ehe immer sehr verschwiegen gewesen. Sofern es Meinungsverschiedenheiten mit Peter gab, und es gab welche, hat sie sie für sich behalten und nicht in der Familie verbreitet. (Einmal bin ich unangemeldet bei ihnen vorbeigekommen und erlebte mit, wie sie eine Weihnachtslichterkette gegen den Kamin knallte und diese zersplitterte.) Falls sie jemals entmutigt war oder sich einsam gefühlt haben sollte, hat sie sich niemandem anvertraut, außer ihrem Tagebuch vielleicht, oder ihrem Gott. Jedenfalls hat sie nie ein böses Wort über diesen Mann gesagt.

Am Abend vor der Operation bat mich Irene, nachdem eine Menge guter Wünsche und scheußlicher Blumen abgegeben worden waren, ich möge noch etwas länger bei ihr im Lion's Gate Hospital bleiben. Ihr Zimmer hatte sich allmählich geleert. Peter hatte sich mit Jill davongemacht — sie war eher zögerlich gegangen, hatte darum gebeten, so lange bleiben zu dürfen wie ich. Unsere Mutter hatte sich ebenfalls verabschiedet. Sie war so nervös und traurig, daß ihr ein Stationsarzt Valium aus seiner Kitteltasche gab. »Warum passiert das ausgerechnet ihr?« sagte Mum zu ihm. »Meinem einzigen glücklichen Kind?«

Irene hing an einem Infusionsschlauch. Sie setzte sich auf und lehnte sich am Kopfende an. Sie blickte auf den Parkplatz hinaus, der im pazifischen Dämmerlicht lag. »Mein Gott, Jill«, sagte sie. Sie ließ den Kopf leicht sinken und verschränkte die Arme. »Sie könnte für ihren Vater schon einmal einen Finger krummachen.«

»Einverstanden«, sagte ich und wog meine Worte ab. Mir war klar, daß ich sie nicht aufregen durfte. »Peter ist aber auch nicht gerade einfach.«

»Nicht gerade«, sagte sie schwach.

Wir saßen einige Zeit schweigend da, Irene in ihrem weißen Morgenmantel, ich in meinem orange-avocadofarbenen Trainingsanzug. Mir kam in den Sinn, daß ich wohl etwas zu streng mit Peter gewesen sein mochte und daß sie das bekümmert hatte. Sie redete schließlich. »Manchmal wünsche ich mir, ich hätte mehr Flämisch gelernt«, sagte sie unbestimmt. »Nachdem ich Peter kennengelernt hatte, heirateten wir ziemlich bald, ohne daß wir dieselbe Sprache sprachen. Das macht was aus.«

Sie erwartete, schien mir, keinen Kommentar. Sie hob ihren Kopf wieder etwas höher und blickte aus dem halbgeöffneten Fenster. Ich hatte sie nie auch nur andeuten gehört, daß ihre Ehe mit Peter etwas anderes als eine Traumbeziehung sein könnte. »Du magst ihn nicht besonders, nicht wahr?« sagte sie. »Du hast nichts übrig für seine belgischen Manieren!«

Ich sagte nichts. Es mußte auch nicht laut gesagt werden. Ich wandte mich ab. »Ich bin wohl nicht die richtige Frau, solche Dinge zu beurteilen«, sagte ich.

In der Halle draußen telefonierte eine Patientin. Irene und ich verfolgten das Gespräch. »Das muß in der oberen Schublade sein«, sagte sie lustlos. »Nein, im *Schlafzimmer.*« Stille. »Sieh im Schreibtisch im Vorzimmer nach!« Wieder Stille. »Dann frag Susan, wo sie es hingelegt hat! Mir fällt jetzt auch nichts mehr ein. Aber ich brauche es.« Ich drehte mich um, als sie den Hörer eingehängt hatte. Ich beobachtete, wie sie das Münzfach überprüfte, ob vielleicht ein paar Geldstücke zurückgekommen waren. In der Klinik herrschte wieder Stille. Irene bewegte sich nicht, aber sie zitterte. Es fiel mir schwer, das anzusehen, und ich streckte meine Hand aus und nahm ihre Hand in meine.

»Was ist los?« sagte ich. »Irene!«

Sie sagte mir, sie habe Angst. Nicht um sich selbst, sondern um Peter. Sie erzählte mir, daß er drei Wochen nicht mit ihr gesprochen habe, als sie ihm von ihrem Krebsbefund berichtet hatte. Es hat sie nicht mehr berührt, ihr nicht einmal einen Kuß gegeben. Er schlief im Gästezimmer, bis sie ihm anbot, dorthin umzuziehen. Er hatte sich dann ganz auf Jill konzentriert, sie mußte ihm die Toasts zubereiten, die Bettwäsche wechseln und seine Hosen bügeln. Sie habe sich über all das Gedanken gemacht, sagte Irene, bis ihr klar wurde, daß er sich so aufführte, weil er wieder an all das denken mußte, was er durchgemacht hatte, als er klein war. In Belgien. In Brügge. Während des Krieges. Er hatte nur einmal ganz offen mit ihr darüber gesprochen. Er hatte gesagt, daß ihn alle Frauen, die er jemals geliebt habe, verlassen hätten. Seine Mutter wurde getötet, seine Schwester auch. »Und jetzt bin ich dran«, sagte Irene. »Auf A folgt B. Wenn ich davongehe, lasse ich zwei Kinder zurück. Ich habe Jill gesagt, daß sie zusammenhalten müssen.«

Ich erhob mich von ihrem Bett. »Aber Irene«, sagte ich. »Jill ist nicht auf dieser Erde, um ihrem Vater gefällig zu sein.

Der ganz schön unvernünftig sein kann. Finde ich jedenfalls.«

In diesem Augenblick kam die Abendvisite ins Zimmer. Der Assistenzarzt wandte sich an Irene und sagte: »Geben Sie mir ihre Vene.«

»Einen Augenblick noch, bitte«, sagte sie zu ihm. Und er verließ den Raum. Sie hatte Schatten, dunkle Flecken unter ihren Augen.

»Ich möchte, daß du mir etwas versprichst.«

»Ja.«

»Falls ich sterbe«, sagte sie, »aber ich sterbe ja gar nicht, also, falls ich sterbe, möchte ich nicht, daß Jill mit dir in New York lebt. Das ist genau, was sie gern tun würde. Ich möchte, daß sie bei Peter bleibt. Selbst wenn sie bei dir auftauchen sollte, bitte schick sie zurück!«

»Das kann ich nicht versprechen«, sagte ich. »Weil nicht die Rede davon sein kann, daß du irgendwohin gehst.«

Sie sah mich an. Blaß, zerbrechlich. Sie war meine älteste Schwester, die sich immer abgemüht hatte, den Silberstreifen am Horizont zu erhaschen. Und jetzt sah es ganz danach aus, daß sie sterben könnte, in ihren Vierzigern — zu früh —, sie brauchte die Gewißheit, daß ich ihr diese Last abnehmen würde. Also nickte ich: *Ja.*

Ich fuhr mit dem Taxi zurück. Als ich an diesem Abend bei Irenes und Peters Haus ankam, war alles dunkel. Ich tastete mich die rückwärtige Treppe hinauf, stieg durch eine Wolke von Geißblattduft, ging ins Haus und machte das Licht in der Küche an. Der Fernseher im Wohnzimmer lief, eine besonders laute Reklame für Fotoapparate. Niemand sah zu. »Jill?« rief ich. »Peter?«

Ich ging durch die lange Eingangshalle, schaltete die Lichter an: in Irenes Krankenzimmer, im oberen Badezimmer, im Elternschlafzimmer, jetzt Peters Reich. Ich mußte zweimal hinschauen: er war hier. Er lag nackt auf dem Bett, eine Hand umfaßte seinen Penis, als wolle er ihm Wärme und Schutz spenden, sein Kopf bewegte sich auf und ab. Der Ventilator an der Decke bewegte sich in langsamen Kreisen über ihm. Seine Augen blickten ins Leere; er wandte sich nicht in meine Richtung, sondern starrte nach oben. »Entschuldigung«, sagte ich. »Es tut mir leid«, und ich machte das Licht wieder aus.

Ich ging schnell ins Wohnzimmer und setzte mich für ein paar Augenblicke. Als ich mich wieder beruhigt hatte, machte ich mich auf die Suche nach Jill. Sie war nicht in ihrem Zimmer im Untergeschoß. Es schien mir ein typisches Jungmädchenzimmer zu sein — Poster von Boy George an der Wand, ein Haufen Socken in der Ecke, bis mein Blick auf ein Rilke-Zitat fiel, das sie in roter Tinte mit der Hand geschrieben und auf ihren langen Spiegel geklebt hatte: »Denn das Schöne ist nichts als des Schrecklichen Anfang, den wir noch gerade ertragen.«

Schließlich sah ich einen Lichtschein unter der Ritze der Badezimmertür im Untergeschoß.

»Jill«, sagte ich. »Ich bin's.«

»Ich bin im Badezimmer«, sagte sie.

»Ich weiß«, sagte ich. »Ich möchte mit dir reden.«

Sie sperrte das Badezimmer auf und ließ mich hinein. Sie machte einen merkwürdig gespannten Eindruck. Es schien, als habe sie sich gerade Wasser ins Gesicht gespritzt. Sie hatte immer noch dieselbe Kleidung an, die sie in der Klinik getragen hatte — und wie am Vortag dieses erdig grüne Sweatshirt.

Sie hatte offensichtlich am Rand der Badewanne gesessen und geschrieben. Jedenfalls fiel mir eine Schreibmappe auf mit einem Block gelben Kanzleipapiers. Das obere Blatt war mit Versen bedeckt, deren einzelne Wörter in zierlicher Handschrift nach links geneigt waren. Auf der Waschablage stand ein Behälter, aus dem sie am Abend zuvor Kraft-Dinner gegessen hatte.

»Ihr schließt euch alle ein«, sagte ich.

Sie sagte nichts dazu. Als das Schweigen zu lange währte, deutete ich auf das Papier und sagte: »Hausaufgaben?«

»Nein«, sagte sie. Dann warf sie mir einen Blick zu und sagte: »Ein Gedicht.«

»Oh«, sagte ich. Ich *war* überrascht. »Hast du sie schon einmal jemandem gezeigt? Oder dieses Gedicht?«

»Nein«, sagte sie. »Sie sind nicht besonders gut.« Sie setzte sich wieder auf den Rand der Badewanne. »Aber vielleicht sollte ich sie dir zeigen, Tante Adele?«

»Einverstanden«, sagte ich. »Aber ich verstehe nicht viel davon.« Ich erzählte ihr, daß Irene beim Abendessen kräftig zugelangt habe, daß sie sich besser, zuversichtlicher fühle. Mehr sie selbst. Diese Bemerkung schien Jill so zu entkrampfen, daß ich noch eine Lüge nachschob. »Wenn deine Mutter erst einmal aus dem Schlimmsten heraus ist«, sagte ich, »wird dein Vater auch wieder umgänglicher sein.«

»Dieser Tag wird nie kommen«, sagte sie.

»Sag niemals nie!« sagte ich. Ich umarmte sie. Sie war so viel größer als meine Tochter, aber ich küßte sie auf dieselbe Weise wie Jane, seit sie auf der Welt war – ich nahm eine Hand und drückte ihr einen langen Kuß auf den Kopf.

Auch sie umarmte mich. »Vielleicht komme ich zu dir und bleibe bei dir, Tantchen.«

»Vielleicht«, sagte ich. Mir fielen natürlich Irenes Wünsche ein. »Du und überhaupt alle.« Ich gewahrte die Enttäuschung auf ihrem nervösen Gesicht. Ich fuhr fort: »Es wird schon alles gut werden. Wart's nur ab! Bald geht es ihr besser.«

Irene ging es besser. Die Ärzte meinten, sie hätten es geschafft. Jedenfalls wurde sie zehn Tage nach der Operation entlassen, früher als erwartet. Peter, Jill und ich waren bei ihr im Krankenzimmer versammelt, Irene machte Scherze darüber, was für eine Busenprothese sie tragen würde. »Vielleicht das Dolly-Parton-Modell, Schatz?« sagte sie zu Peter. »Dann hätte ich wenigstens was in der Hand.«

Peter nahm sie in die Arme, was mich überraschte. Ich hatte nie zuvor miterlebt, daß er zärtlich zu ihr war. Er sagte ihr, es gehe ihm nicht darum, welche Tittengröße sie sich zulegen wolle. Brüste seien etwas für hungrige Babys, nicht unbedingt für Ehemänner. »Ich habe dies hier«, sagte er. »Das gehört mir. Diese großen weißen Schultern.« Er legte seinen Kopf auf ihre Schultern und sah friedlich zu Jill hinüber. Er lag schwer auf Irene, sie stützte sich mit dem anderen Arm ab, schob ihn ein bißchen hoch und schloß die Augen, in denen so etwas wie Freude aufgeglommen war. Jill kam näher und setzte sich neben mich.

Irene mußte sich während der folgenden Tage schonen; ich war ständig bei ihr; Jill ebenfalls, wenn sie nach der Schule auftauchte. Ich war erschrocken darüber, daß nicht mehr Anrufe kamen oder Genesungswünsche oder Besuche, abgesehen von Mum. Mir wurde klar, daß das Leben meiner Schwester ziemlich eng begrenzt war oder nur einen Bezugspunkt hatte: es konzentrierte sich alles auf die Familie. Ich hatte den Eindruck, daß auch Jill keine Freunde hatte; jedenfalls rief niemand für sie an.

Eines Tages gab sich Irene dann einen Ruck. Sie bereitete ein ziemlich aufwendiges belgisches Gericht mit allem Drum und Dran. Am selben Nachmittag saß sie mit Jill im Familien-Datsun, während Jill vor dem Haus Einparken übte und versuchte, ihre Mutter zu einem vorweihnachtlichen Besuch von Brooklyn zu überreden. Nach einem ausgiebigen Mittagsschlaf und einem knappen Abendessen bestand Irene darauf, am Open-House-Fest von Jills Schule teilzunehmen.

Wir saßen da und hörten zu, wie eine Musikgruppe ein *Flashdance*-Medley probte, als mir auffiel, daß Irenes Körper außergewöhnliche Hitze ausstrahlte. Sie saß rechts neben mir. Ich fragte sie, ob wir nicht schnell nach Hause fahren sollten. Sie glühte förmlich. »Ich möchte nur noch dieses eine Stück hören«, sagte sie. Jill, die an der anderen Seite von mir saß, sagte plötzlich leise: »Mum!« Sie starrte auf die Bluse ihrer Mutter, wo sich eine leuchtend rote Spur abzeichnete. Irene hatte durch ihre Kleidung geblutet. Sie sah an sich hinab. »Oh«, sagte sie. »Peter.«

Wir rasten zur Klinik. Peter sagte, er würde diesen dummen pakistanischen Scheißkerl von einem Arzt verklagen. Er sagte weiter, er würde sein blödes Weib vor Gericht bringen, weil sein Sexleben zerstört sei. Er würde problemlos die Scheidung erlangen. Um dann Unterhalt zu zahlen für ein einseitiges Busenwunder. Und so ging es weiter.

Irene war nicht in der Lage, irgend etwas zu entgegnen; ich bezweifle, daß sie es unter anderen Umständen getan hätte.

Jill saß neben mir auf dem Rücksitz. Sie wandte sich zur Seite und sah aus dem Fenster. Sie war schneeweiß. Sie saß auf ihren Händen.

Ich hatte meine Stimme wiedergefunden. »Ich glaube nicht, daß wir uns das gerade jetzt anhören müssen, Peter«, sagte ich.

»Mein Gott, Adele«, sagte Irene warnend. Sie war enttäuscht.

Peter wechselte auf die rechte Spur und fuhr langsam in eine Haltestelle. Einige Leute, die auf ihren Bus warteten, waren nicht begeistert. Peter wandte sich zu mir, fuchtelte mit dem Zeigefinger und sah mir ins Gesicht: »Das ist meine Frau, das ist meine Tochter, das ist mein Datsun.« Er machte eine Pause. »Verdammt noch mal, ich kann sagen, was ich will. Du bist herzlich aufgefordert, zu Fuß weiterzugehen.« Er langte zu mir hinüber und öffnete die Tür auf meiner Seite.

Zwei Frauen an der Haltestelle verdrückten sich schnell. Sie hatten zu Recht erkannt, daß da etwas im Gange war.

»Ich gehe mit Tante —«, sagte Jill kaum hörbar.

»Nein«, sagte Irene. »Du bleibst hier!«

Ich saß wie gelähmt auf meinem Platz. Ich wäre gern ausgestiegen. Aber ich wollte Irene und Jill nicht mit ihm allein lassen. Irene war schwer krank, Jill, so schien es, schutzlos. »Hör zu!« sagte ich zu Peter, »vergiß, was ich gesagt habe! Wir bringen Irene jetzt in die Klinik, einverstanden?«

Er schlug die Tür zu, wandte sich nach vorn, musterte mich noch einmal im Rückspiegel — kalt, furchterregend — und fuhr schnell wieder los. Jill schluchzte still in sich hinein. Ihre Brillengläser waren innen verschmiert. Ich rutschte zu ihr hinüber. Sie hängte sich bei mir ein, fest, ganz fest. Irene, auf dem Vordersitz, bewegte sich nicht.

Die Ärzte redeten etwas von einer Infektion, die auf die

Brustwand übergegriffen habe. Eine Behandlung mit Antibiotika sei nötig, und natürlich müsse sie im Krankenhaus bleiben. Sie würden sie noch genauer untersuchen.

Peter und Jill verließen uns. Er meinte, sie müßten am nächsten Morgen früh aufstehen.

Bevor ich wegging, führte Irene in ihrer mit Vorhängen abgeteilten Kabine in der Notaufnahme ein vertrauliches Gespräch mit mir. Sie bat mich, die letzten Tage meines Aufenthaltes bei Mutter zu verbringen. Irene wollte mich nicht verletzten, aber sie meinte, es würde für alle Beteiligten besser sein, wenn ich auszöge.

Sie redete weiter. Sie hatte hohes Fieber, war aber ganz klar. Und sie gab sich alle Mühe, klar zu bleiben. Ob ich all das Mutter gegenüber für mich behalten könne? Sie bat mich, Jill keine Flausen in den Kopf zu setzen, mit meinem ewigen Gerede von der Freiheitsstatue und von dem Blick aufs Wasser von meinem Fenster im obersten Stockwerk. Ob ich mich nicht besser um meine eigenen Kinder kümmern sollte, die nicht bei mir lebten, als ausgerechnet um ihre Tochter? Ich solle etwas mehr Verständnis für ihren Mann aufbringen, der manchmal nicht Herr über seine Gefühle sei. Irene meinte, Peter brauche mehr Liebe, mehr Zeit; mehr von ihr, so Gott will. Danach hatte sie keine Kraft mehr weiterzusprechen. Um ehrlich zu sein, ich auch nicht.

Ich versprach alles, was sie wollte. Jill und Peter schauten am Abend auf einen kurzen Besuch vorbei. Ich besuchte Irene tagsüber, manchmal mit Mum, wenn Peter zur Arbeit war. Unsere Gespräche waren banal und angestrengt. Sie haben wahrscheinlich keiner von uns gutgetan. Als ich sie eines Nachmittags verließ, wußte ich nicht, wohin ich gehen sollte. Ich landete schließlich beim Grab meines Vaters. Ich setzte mich einfach hin, auf die Grabeinfassung.

Am Tag vor meinem Rückflug nach New York lieh ich mir von meiner Mutter den Wagen aus, um im Einkaufszentrum ein Rezept für sie einzulösen. Auf dem Weg zurück zum Auto sah ich mir ein bißchen die Schaufenster an. Auf der Bank vor einem Sportgeschäft fiel mir ein Mädchen auf, das mich stark an meine Nichte erinnerte. Auf den ersten Blick erschien das Mädchen zu unordentlich, zu ungepflegt, als daß es hätte Jill sein können, aber als ich näher kam, stellte sich heraus, daß sie es tatsächlich war. Sie tat nichts. Sie saß einfach da, eingehüllt in den Regenmantel ihrer Mutter, ihre Hände ruhten auf ihren etwas dicklichen Schenkeln und ließen eine Haarspange auf und zu schnappen, auf und zu. Es war zehn Uhr vormittags. Sie hätte in der Schule sein müssen. Englischstunde. Für einen Moment schoß mir durch den Kopf, daß sie vielleicht drogensüchtig war: dieser Gedanke wirkte fast wie eine Erleichterung. Das würde manches erklären. Aber ich glaubte nicht, daß sie abhängig war. Schon wollte ich zu ihr hinübergehen und einfach sagen: *Na, Jill, Lust auf einen Tee?*, da fiel mir wieder das schreckliche Gespräch mit meiner Schwester im Krankenhaus ein. Und ich dachte mir, *Scheiß drauf, Adele, misch dich da nicht ein!* Ich drehte mich um und machte einen Umweg zum Auto zurück.

Eines schwülen Samstagvormittags — ich war seit einigen Wochen zurück in Brooklyn — saß ich auf dem Dachgarten und bereitete meine ersten Klassen vor, als der Boy mit einem Packen Post erschien. Er mußte die Post an die Hausbewohner persönlich austeilen, nachdem die Postfächer in der Eingangshalle mehrmals aufgebrochen worden waren. Es war das übliche Zeug. Und ein dünner weißer Geschäftsumschlag aus Kanada. Von Jill. Ich öffnete ihn: *»Meine allerliebste Tante Adele. Das sind die einzigen Exemplare, die existieren. In Liebe, Deine einzige Nichte Jill.*

PS: Wahrscheinlich werde ich demnächst einen Job haben. Ich komme Dich dann Ostern besuchen.«

Es handelte sich um zwei Gedichte. Sie waren in sorgfältiger Handschrift aufgeschrieben, säuberlich, jeweils auf einem neuen Blatt, die Schrift nach links geneigt, wie wenn eine steife Brise darüber hinweggegangen wäre. Das Gedicht ›Schwarze Milch‹ hatte drei Tode zum Thema. Bevor ihr über alles geliebter Ehemann in den Krieg zieht, teilt eine stillende Mutter eine alte Flasche Wein mit ihm, die noch von ihrer Hochzeit stammt. Ohne es zu wollen, tötet sie damit den Säugling. Dann bringt sie sich selbst um. Sterbend wiegt sie das sterbende Kind in ihren Armen. Aber ihr letzter bewußter Gedanke gilt ihrem Mann an der Front. Jill hatte sich beim Wort ›Hochzeit‹ verschrieben. Bei ihr stand ›Jochzeit‹.

Das Gedicht ›Belgien‹ beschrieb ein junges Mädchen, das auf einem zugefrorenen See Schlittschuh läuft – Jill war mit ihren Eltern zweimal in Belgien gewesen – und vor einem nicht näher bezeichneten Verfolger flieht. Während ihrer schnellen, verzweifelten Schwünge schmilzt das Eis unter ihr, bis sie sich unter Wasser wiederfindet: »In der tiefen Kälte / Von Angesicht zu Angesicht / Siehe, da kommt er jetzt / Mein Vater / Mein Erzeuger.« Das Mädchen erwacht. Es stellt sich heraus, daß es sich um einen Alptraum gehandelt hat. Aber dann erscheint ihr tatsächlicher Vater in ihrem Bett und »Er läßt die Nacht / wiederkehr'n / Jede Nacht«. Das

Mädchen bedeckt sich die Augen mit seiner großen, schweren Hand.

Ich las das wieder und wieder und mußte weinen. Ich blickte auf, sah über die Kirchtürme und die geteerten Dächer hinweg, mir war, als sähe ich die Hitze durch das Grün des Prospect Parks aufsteigen. Ich hielt die Blätter mit den Gedichten auf meinem Schoß, flach unter meinen Händen. Ich wußte nicht, was ich in diesem Augenblick tun sollte. Ich überlegte, daß ich etwas Zeit vergehen lassen müßte, bis ich wüßte, was ich sagen sollte. Und zu wem.

Ende Oktober rief Mum an. Sie weinte am Telefon und erzählte, daß Irenes Krebs durch die Brustamputation keineswegs besiegt worden sei. Es seien Krebszellen in anderen Körperbereichen aufgespürt worden. Sie müßte sich einer Chemotherapie unterziehen. Irene hatte die Ärzte gewechselt. Sie war jetzt bei einem Naturheilkundler in Behandlung. Sie gab wahnsinnige Summen für einen Wunderartikel aus Gummi aus, unter anderem.

Mum erzählte auch, daß Jill seit zweiunddreißig Stunden verschwunden sei. Irene führte das Verschwinden darauf zurück, daß Jill eine schlechte Note bekommen hatte – eine Drei in Sport. Mum glaubte nicht, daß es wirklich daran lag. Sie glaubte eher, daß Irenes Zustand Jill verwirrte. Aber sie hatte darüber nichts zu Irene gesagt.

Sonst sagte sie nichts über die anderen Mitglieder von Irenes Familie. Und ich habe auch nicht weiter gefragt.

Im November kam Bill auf einen Kurzbesuch an die Ostküste. Er brachte mir, wie verabredet, die Kinder. Er war in Begleitung einer Frau, sie hieß Cheryl Oak. Am Tag vor

Thanksgiving waren die beiden zu einem Abendessen eingeladen. Ich ging mit den Kindern in den Central Park. Graham und Jane waren gewachsen und unangenehm scheu mir gegenüber. Es war ein frischer, windiger Abend. Wir sahen den Fesselballons zu, die Macy's schweben ließ, und kauften geröstete Kastanien. Nicht um sie zu essen, sondern um uns daran die Handflächen zu wärmen. Ich brachte die Kinder zu ihrem Hotel zurück und übergab sie dieser stillen, intelligenten Person, die wohl bald ihre Stiefmutter sein würde. Sie würde gut zu ihnen sein, wie sie es offenbar auch zu Bill war. Später, wieder zurück in Brooklyn, ich war noch wach, dachte ich darüber nach, wie diese Frau mit meinem Mann fertiggeworden sein mochte und mit meinen Kleinen — da rief Irene um drei Uhr morgens an. Sie erzählte mir, daß Jill tot sei. »Es war ein Unfall«, sagte sie.

Ein paar Tage später, an einem warmen, bedeckten Morgen, holten meine Mutter und mein Stiefvater mich vom Flughafen von Vancouver ab. Auf dem Weg zur Begräbnisfeier versuchten sie, mir zu erzählen, was sich zugetragen hatte. Ich saß zwischen ihnen. Sie mußten immer wieder Pausen machen. Jill war an Unterkühlung gestorben. Wahrscheinlich hatte sie der Aufprall auf dem Wasser bewußtlos gemacht. Vermutlich hatte sie gar nicht mitbekommen, wie sie ertrunken ist. Jedenfalls hatte sie sich ertränkt. Sie hatte Irene gesagt, daß sie zur Bibliothek wollte, war dann mit dem Datsun nach Stanley Park gefahren, hatte den Schlüssel im Zündschloß gelassen, ging knapp bis zur Mitte der Brücke und schwang sich über das Geländer. Es gab einen Augenzeugen, einen jungen Mann aus einem Video-Laden. Er sagte immer wieder: »Es war wie im Film. Ich sah, wie das kleine dickliche Mädchen sich buchstäblich weggeworfen hat.«

Die Kapelle war halb leer. Der Zeremonienmeister murmelte etwas davon, daß es immer außergewöhnlich sei, wenn ein junger Mensch von uns gehe. Weder Irene noch Mum wußten, wie sie unsere mittlere Schwester, Joyce, hätten erreichen können. Sie fehlte, wie üblich. Unser Bruder Ray sprach einen kurzen Nachruf. Er führte aus, daß er an keinen Gott glaube, aber Irene sei gläubig, und an diesem Tag beglückwünsche er sie dazu. Er meinte weiter, daß die ganze Familie nach den Gründen fragen müsse, wenn ein Kind sich das Leben genommen habe. Und diese Fragen würden immer wiederkommen. Das Gesicht meiner Schwester war nicht auszuhalten. Dann sangen wir alle *The Water is Wide.* Jill hatte dies Lied einmal bei einem Wettbewerb während ihrer Grundschulzeit vorgetragen und eine Auszeichnung dafür bekommen.

Als sich die Trauergesellschaft aufgelöst hatte, blieb Peter weiter knien, den Kopf in den Händen. Irene ging vor zum Sarg. Jill hatte ein blaßrosa Kleid an und trug ihre andere Brille. Ihr Haar war, wie immer, glatt nach hinten gekämmt und wurde von einer Spange zusammengehalten — diesmal von einer Taube. Irene beugte sich vor und küßte Jill auf den Mund, auf die Stirn, dann zupfte sie an Jills Spitzenkragen herum, einfach so. Es war die ewige Geste einer Mutter, die schnell noch etwas zurechtzupft, bevor die Tochter zu ihrem großen Auftritt bei der Tür hinaussegelt.

Beim Leichenschmaus habe ich ziemlich viel getrunken. Die anderen übrigens auch, wir hatten es alle nötig. Irene und ich wechselten kein Wort miteinander. Wir hielten einander nur eine gute Minute lang fest. Auf Abstand, dieser Abstand war notwendig. Ich hörte, wie Peter über Belgien redete und Kindheitserinnerungen erzählte. Zu seinem fünften Geburtstag hatte ihm seine Schwester Kerstin aus Paris einen neuen Bleistift geschickt, einen neuen, unangespitzten Bleistift. Er habe den Bleistift bis zum Ende der Mine benutzt, bis er so kurz war, daß er ihn kaum noch zwischen den Fingern habe halten können. An dem Morgen, als seine Mutter kaltblütig erschossen wurde, hatte er sich gerade im Dunkeln angezogen. Das letzte, was sie zu den Deutschen sagte, war: »Verschonen Sie meinen kleinen Jungen!« In diesem Augenblick sahen Mum und ich, wie Irene Peter bei der Hand nahm. Sie führte ihn durch die Halle hinunter in sein Schlafzimmer und schloß die Tür hinter ihm. »Gott sei Dank«, sagte Mum. »Gott sei Dank, daß sie einander haben. Gott sei Dank, daß sie ihn hat.«

Und in diesem Augenblick vergaß ich alle Verzweiflung, die Jill dazu getrieben hatte, zu tun, was sie tat. Ich verdrängte meine eigene Verantwortung und mein Schweigen. Ich war am Leben. Ich war selbst voller Bedürfnisse, Krankheiten und Träume. Ich dachte: *Nein, ich werde meiner Schwester nie erzählen, was ich argwöhne. Denn das Leben ist kurz und sehr hart,* und ich dachte: *Ja, eine schlechte Ehe ist besser als keine,* und ich dachte: *Adele, laß die Sonne über deinem Zorn untergehen! Dein Zorn wird sie nicht zurückbringen,* und ich wandte mich meiner Mutter zu und sagte: »Ja, Gott sei Dank.«

INHALT